Voorvaders kan vlieg, sê Delores

Reinet Nagtegaal

TAFELBERG

Voorvaders kan vlieg, sê Delores was die debuutwenner in die Groot Romanwedstryd van Sanlam, Insig en Kwêla, in samewerking met Radiosondergrense en LitNet.

Tafelberg-Uitgewers,
Waalstraat 28, Kaapstad, 8001

Omslagontwerp deur Laura Oliver
met 'n foto deur Anne-Mari Nagtegaal
Ontwerp en geset deur Alinea Studio, Kaapstad
Gedruk en gebind deur NBD/Paarl Print,
Drukkerystraat, Kaapstad, Suid-Afrika
Eerste uitgawe, eerste druk 2001
Tweede druk 2002

ISBN 0 624 04032 1

Aan my Grootgees, Gabriël Jacobus Crouse

Thanks to the imagination, to its flattering touch, the cold skeleton of reason acquires living, rosy flesh.

— Julien Offray de la Mettrie —

1

Hulle het Delores se ma verkrag. Vier mans het by die huis ingebreek en haar wydsbeen op die bed gespalk. Soos wanneer mens 'n skaap slag. Ma is twee en sewentig jaar oud.

Delores se pa was nie daar nie. Hy en Ma is al twintig jaar geskei. Maar hy eet nog elke middag haar kos. Aan die kombuistafel wat hy vir haar gemaak het. 'n Groot tafel met agt stoele.

Hy het dié middag gaan pille haal vir Ma se rugpyn. Toe hy terugkom, was haar rug nie meer seer nie.

Pa het verward vir Delores gebel. Toe sy opdaag, kon hy nie gou genoeg terugvlug na sy eie woonstel nie.

Delores het Ma in die kar gehelp en die dokter en polisie gebel. Ma sê sy het geskop en gespartel. Sy lyk klein en broos.

Delores sukkel om die prentjie te sien. Van Ma wat skop en spartel. Ma se onwillige nek wat nie graag afkyk nie. Ma sê haar nek is geslagte en geslagte lank ingeteel. Slank en dun en regop. Delores en haar pa het nie juis nekke nie. Hulle koppe sit direk op hulle skouers, maar Delores sê dis ook maar goed so. Met 'n korter nek is die kanse vir keelkanker soveel minder.

Ma se nek het opgehewe rooi merke waar iemand met sy vingers die fyn aartjies in haar spierwit vel gebars het. Delores huil 'n bietjie, kots 'n bietjie en giggel dan senuagtig oor die skop en spartel. Ma dra syserpe en paisley-patrone. Sulke vrouens kan nie spartel nie. Delores probeer om die prentjie nie so helder te sien nie.

Sy druk haar vuis in haar mond en probeer dink wie

sy kan bel. Haar geliefde se gesig doem voor haar op. Maar haar voorvader skud sy kop elke keer wanneer sy aan haar geliefde dink. Hy is die groot verbode onderwerp. Die man wat eers haar minnaar was en toe haar geliefde geword het omdat hy dit self so verkies het.

Die voorvader is erg geskok oor die drama in Ma se huis. Hy sit voor die badkamerdeur en hiperventileer in 'n bruin kardoesie. Delores se voorvader is nie baie sterk nie. Hy is sensitief en dikwels 'n bron van irritasie, juis omdat hy so maklik oorstelp raak.

Verkragting span die kroon op manlike testosteroon, sê Ma. Dit is die finale en allerdesperaatste vertoon van manlike libido. Sy borsel haar grys hare met lang egalige hale en hou haar kop agteroor. Dit lyk vir Delores asof sy met elke borselhaal haar kop nog hoër lig. Haar nek is so dun soos 'n tinktinkie s'n, dink Delores.

Die linkerbreinheersers van hierdie klein planeet het nog veel te leer, sê Ma. Hulle kan perde vang, maar hulle kan nie unicorns sien nie.

Onthou net, het Ma vir Delores gewaarsku toe sy nog 'n tiener was: As 'n man jou verkrag, is dit niks erger as wat hy sy vinger in jou neusgat op forseer nie.

Dis vulgêr, het Delores uitgeroep, en aan semen gedink. Delores het prentjies opgetower van verkragters wat rondloop met groteske wysvingers wat styf tussen hulle bene staan. Delores het haar ore met die kussing toegedruk en Ma het lekker gelag en aangehou om haar te treiter dat rape highly overrated is. Delores kon vir jare nie help om elke liewe man wat sy sien, 'n wysvinger te gee nie.

Ma het 'n baie groot mond. Niks is erg nie, sê Ma. Net die dood. Ma vrees die dood omdat die lewe vir haar dáár eindig, sê Delores se voorvader.

Maar dit was lank gelede. Dit was die tyd toe die vrou wat by hulle gestryk het, verkrag is. Die vrou het net aangehou werk asof niks gebeur het nie. Ma het die vrou dokter toe gevat en haar oortuig dat rape net neuskrap is. Ma het nie gestress nie. En omdat Ma nie gestress het nie, het die vrou maar net haar gang gegaan. Maar wanneer sy op die sypaadjie kom, het sy luidrugtig en klaend gesels met die ander vroue in die buurt. Dis hoe Delores die eerste maal geleer het dat Ma se beheer net strek tot waar mens haar stem kan hoor. Die vrou het nie in die huis 'n issue van die rape gemaak nie.

Ma glo dat 'n mens jou emosies moet temper om te kan oorleef. Sy werk geel knope aan al haar jasse om te wys dat sy optimisties is. Keuses, dril Ma haar kinders van kleins af. Alles gaan oor keuses. Jy kies om te huil of te lag. Jy kies vir of teen geluk.

Dis hoe Ma vir Delores se pa ook op 'n dag doodeenvoudig uitgeskop het. Ma het gesê dat pyn so ryp kan word dat dit uiteindelik oopbars en uitloop in bevrydende etter. Delores geniet dit as Ma oorstuur is. Sy kan wonderlike beelde optower wanneer sy woedend is.

Delores is veertig en sukkel steeds om dit heeltemal te begryp. Hoe het Ma dit reggekry om haar geliefde ná byna twintig jaar se deel van wasgoedmandjies en klein geheimpies uit te skop en in sy plek met die stilte en allenigheid te trou?

Ek sal nooit iemand kan verlaat nie, sê Delores vir Ma.

Ma skud haar kop. Wees honderd maal eerder die een wat loop as die een wat agterbly, waarsku Ma.

Hoe weet 'n mens wanneer iemand nie meer die moeite werd is nie? vra Delores. Hoe moet ek weet wanneer om te loop? Hoe weet enigeen wanneer jy iemand uit jou hart moet skop?

Maar dis vanselfsprekend, het Ma gesê. Jy raak te min stil om te dink. Jy leef te los van jou kop.

Mens moenie te veel dink nie, stry Delores. Dit gee kopseer. Om jou brein so heeldag in te span, is onnatuurlik. Ma sê 'n mens moet ten minste 'n uur per dag in jou eie goeie geselskap deurbring, maar Delores reken vier en twintig is bietjie much.

Ma is nou meer alleen as ooit. Delores wens sy kon die borsel uit Ma se hande neem en haar hare streel, maar sy kan nie. Sy kyk langs Ma se kop verby na die spieël. Sy sien haar voorvader se refleksie waar hy agter hulle staan. Hy lyk hartseer en knik vir haar.

Hy draai homself toe in 'n wit laken van sagte chiffon. Wit is heilig, sê hy vir haar. Dit omvat al die chakras van die siel. Jou hele lewe lê opgesluit in hierdie wit reënboog.

My voorvader is 'n moffie, sug Delores.

Ma antwoord haar nie. Hy is 'n onsienbare voorvader. Toe sy vyf was, het hy vir die eerste maal op haar bed kom sit. Sy het gedink dis iemand wat in die nag kom kuier het. Later het sy geleer dat ander nie van hom weet nie.

Delores soek hom verniet op foto's. Nêrens in enige familie-album spoor sy hom op nie. Hy is haar kalm kollektiewe geheue. Hy neem nooit oor nie, maar sy kan sien hy raak soms opgewonde wanneer sy iets doen en dan wonder Delores of sy hom eendag gaan verstaan.

Wat help 'n voorvader as hy jou nie verstaan nie? vra Delores.

Sy trek haar skouers op en sê vir hom dat hulle op twee parallelle paaie die oneindigheid inloop. Maar die voorvader lag net en vroetel met sy kamera. Of hy staan op een been en trek sy ander been hoog op teen sy lyf. Soos 'n grys ballerino. Hy is baie slap. Hy kan met sy bene maak wat hy wil.

In ons kultuur is die enigste logiese verwysing na voorvaders die chromosomatiese verbinding tussen jou en jou voorgeslagte, het Ma al verskeie kere geïrriteerd aan Delores verduidelik wanneer sy per ongeluk in gesprekke na die voorvader verwys. Voorvaders is hulle van wie jy jou liggaamsweefsel geërf het, sê Ma met haar akademiese stem.

Maar vir Delores kan 'n voorvader ook 'n boom of 'n vis wees, 'n verskynsel uit die doderyk, 'n droomgees. Sy weet dat sy soms sukkel om te onderskei tussen haar werklikheid en die fantasie van haar voorvader.

My voorvader neem my nie oor nie, verdedig sy. Ek laat net sy gees oor my spoel. Hy bepaal my herinneringe. Hy neem my lewe op video op. Ons kyk soms daarna wanneer ek nie kan slaap nie.

Voorvaders is nie gebonde aan menslike liggame nie en sekerlik nie beperk tot die fisiese voorgeslag wat via hul verskyning in jou direkte fisiese lyn geag word as natuurlike familie nie. Slegs indien 'n lid van die natuurlike familie, byvoorbeeld 'n grootouer of 'n oom of 'n tante, waardig genoeg, magtig genoeg of wys genoeg is, mag hy of sy as 'n voorvader geag word in die sin van 'n beskermengel. Om 'n voorvader te wees, hoef jy nie te gesterf het nie, maar jy moet die dooies ken — met ander woorde, die onsienbare wêreld en hoe en waar dit die lewendes raak (vertaal Delores uit *The Soul's code* van James Hillman).

Sy steek 'n sigaret aan en stap kombuis toe vir tee. Delores probeer ophou rook deur sigarette aan te steek en weer dadelik dood te druk. Haar voorvader skud sy kop. Sy het nie 'n saak met hom nie. Hy staan effens verwese met die silwer asbak wat sy in sy hand gestop het. Die asbak is van staal. Voorvaders hou nie van staal nie. Hulle hou van glas en hout. Maar Delores steur haar nie aan politieke korrektheid nie.

Die voorvader druk haar sigaret in die staalasbak dood en vlieg weg sonder vlerke. Geluidloos oor die groen dak. Hy kyk af na Delores wat nooit die regte dinge raaksien nie. Sy sukkel om deure oop te kry en sy sit met 'n hand vol sleutels. Sy praat groot woorde oor intense ervarings, maar dis alles so oud dat haar voorvader skaam kry vir haar naïwiteit.

2

En nou? Die lewe gaan meedoënloos voort, sê Ma en borsel haar hare. Sy vou haar arms en weier om hospitaal toe te gaan. Of sielkundige toe. Ma is sterk en mooi en het vir twee en sewentig jare aangepas om te oorleef. Sy weet dat elke tikkie wysheid moeisaam versamel word. Dat ondervinding slegs deur verlies verdien word, selfs al is dit net 'n verlies aan waardigheid. Ma sê mens moet altyd iets prysgee om te kan sê ek het oorleef.

Delores huil teen Ma se bors. Ma fluister in Delores se oor dat verlies 'n mens soveel ligter laat reis. En hoe meer jy prysgee, troos Ma, hoe ligter dartel jy. Sonder vrese. Ma kon dood gewees het. Al lyk dit nie so nie. Delores sien dat haar hande bewe wanneer sy nie beduie nie.

Ma sê sy het ingesluimer in die loom namiddagson wat deur die klein westevenster op haar seer rug gebak het. Haar instink het haar wakker gemaak. Toe was die mans reeds voor haar bed en die stomp, stil een het haar sonder seremonie vermaan om stil te lê. In sterk gekruide taal.

Delores por Ma aan om die vloekwoorde te herhaal en as sy weier, vul Delores self die gapings in. Saam met die skokwoorde skiet frustrasie en vrees soos nartjiepitte deur haar lippe.

Die stomp een met die mus, sê Ma, het op haar gepie toe almal klaar was met haar. Ma lag verleë. Sy kry hulle jammer, want hulle is emosioneel gebreklik en sosiologies wanaangepas. Ma kan menslike gedrag in baie ingewikkelde terminologie beskryf, maar vanaand is sy beskeie. Soos 'n winterboom sonder blare.

Delores maak kos. Wanneer haar emosies haar oorweldig, maak sy kos. Daar is twee dinge, sê Delores, wat haar heeltemal roekeloos maak. Die een is liefde (waaroor sy liewer swyg), die ander is kook. Sy is losbandig in die kombuis. Daar gee sy haar oor aan die bevryding van onkonvensionele disse. In haar kombuis laat sy haar kreatiwiteit seëvier. Sonder inhibisies.

Delores glo ook dat kosmaak jou energie kan gee. Wanneer die sap van uie in haar oë spat of die tamatie oor haar hand bloei, word sy sterk. Die geur van gekneusde kos wat in die lug hang, voel vir haar soos 'n offer van die aarde. Dit laat haar dans.

Delores se voorvader hou daarvan om die proefkonyn te wees. Hy kry altyd die eerste proesel. Omdat jy nie 'n gat in die kos maak nie, sê Delores vir hom. Die voorvader kan skep sonder dat die kos minder word. Hy eet nie agter honger aan nie. Hy eet om die passie van die aarde te proe. Daarsonder kan hy nie.

Ek het die kennis, sê hy, maar ek het net bestaansreg indien ek my kennis kan toepas. Elke generasie tree onbewustelik op vanuit sy kollektiewe geheue. Ek rig lewens, sê die voorvader vir Delores. Ek bind jou deur onthou aan jou voorgeslagte. Sonder my sal jy al die vorige generasies se foute herhaal. Sonder my sal jy blind wees. Sonder my sal jy nie weet hoe om te vlieg nie.

Delores pak versigtig die bestanddele soos offerandes op die heilige kombuistafel. Goue wyn spat in die groot glas. Koeskoes uit Marokko. Saffraan uit Thailand. Sampioene wat soos fyn waaiertjies in die pan sprei. Dun uitjies. En 'n bevrore hoender uit Kies en Betaal.

Ma wil nie eet nie. Sy wil nie eens ruik nie. Delores drink haar wyn en eet. Sy is naar, maar sy skep nog. Sy voel klaar beter. Dit is die punt van kosmaak. Om troos te vind vir dinge wat diep en donker in jou hart lê. Om jou leegheid te versadig met die offers van die aarde. Sy gee die oorskiet aan die voorvader. Hy trek ook sy neus op, maar Delores voel tevrede. Hartseer en verwarring het veilig in haar ingewande gaan lê.

Ma lê ure in die bad. Radiosondergrense lees vermanend die dag se nuus voor. Die nuusredakteur het kontakte. Hy lees dat Ma 'n bekende professor is en dat sy wreed en onsedelik aangerand is en dat sy buite gevaar verkeer en tuis aansterk.

Hoe is dit moontlik, vra Delores vir die radio. Sy gryp die telefoonboek om die SABC se nommer te soek en iemand uit te vreet. Dan bedink sy haar en vee die hare moeg uit haar gesig. Soms is stilte die beste antwoord, sug Delores.

Meestal is stilte die beste manier, help Ma haar reg en vra tee.

Delores maak tee en vat vir Ma 'n koppie in die bad. Ma sluk fyntjies en smak haar lippe asof sy ver gestap het. Sy praat oor gewone dinge. Oor Delores se jaarlikse uittog na Oudtshoorn se kunstefees. Ma is bang Delores se afgeleefde motortjie sal dit nie maak nie. Of dat sy dagga sal rook. Maar Delores weet dat Ma die heel bangste is dat sy haar geliefde daar sal raakloop en seks met hom sal hê. Delores weet sy moet die gesprek kelder. Sy sê vir Ma dat sy net bietjie haar vlerke oefen.

Die Klein Karoo is 'n groot, wye vliegveld, sê Delores.

Ma meen Delores is behep met vlieg. Jy is op die aarde, Delores, sê Ma. Dis nie die hemel hierdie nie. Word in hemelsnaam groot, rol Ma geïrriteerd haar oë.

Delores voel of sy bloei. Ma se kritiek is seer in haar ore. Sy soek haar voorvader.

Jy weet dat my bene gou moeg word, sê sy vir hom.

Sy kyk na die voorvader en skinder dat haar gees in die blou-blou lug is en Ma s'n diep in die bruin aarde begrawe is. Die voorvader glimlag net. Hy lewer nie kommentaar op Delores se probleme nie.

Ma en dogter verinneweer mekaar met vlymskerp woorde. Ma skryf sielkundeboeke vir leke. Sy is 'n professor en is sober en ernstig. Sy hou lang praatjies op kerkbasaars en vroueklubs oor presies hoe 'n mens moet lewe om gelukkig te wees. En Ma dra sykouse. Vroue wat sykouse dra, maak Delores agterdogtig. Sy kan dit nie help nie. Tussen haar kaal bene en die ragfyn sydrade wat Ma se bene bedek, lê ligjare.

Delores glo dat haar lewe eenvoudig is. Objektief gesproke binne die parameters van die redelike man.

Ek is die volmaakte redelike man, sê Delores vir die voorvader se kamera.

3

Die koerante het op Ma se nek gelê vir 'n storie oor die verkragting.

Hulle het omtrent tien maal per dag gebel. Omdat Ma gerespekteerd is in akademiese kringe. Selfs 'n tydskrif of twee wou 'n onderhoud hê. Maar wat van die familie oorsee? het Delores vir Ma herinner. Hulle gaan almal so gelukkig voel dat hulle weg is. Delores kan hulle al hoor in die triestige Londen om 'n Engelse houtvuur.

Ja, ons het net betyds gewaai; dit kon een van ons gewees het.

Delores is baie trots. Die familie moet tog net nie dink hulle is beter daaraan toe nie. Die voorvader lag vir Delores.

Trots is nog jou ondergang, sê hy en haal sy videokamera uit.

Delores glo aan trots. Dit kom van ons voorgeslag, kap sy terug. Wanneer dit met jou sleg gaan, bly jy doodstil en werk jou gat af om vir jouself geleenthede te skep. Doeners oorleef, my liewe voorvader, glimlag Delores. Die lewe bestaan uit geleenthede. Simpatie maak mens swak. Delores sê vir die kamera dat sy nie 'n probleem het met hulp nie, net met sagte woorde. As ek val, verklaar Delores, is dit gaaf as jy my optel, maar hou net jou bek wanneer jy dit doen. Delores het 'n kleintjie dood aan mense met jammer harte. Veral dié wat dit met 'n traan in die oog aan hulle medemens erken.

Soos die predikant en sy vrou wat Delores behandel soos 'n kind wat te veel in die son was. Die voorvader geniet dit as Delores eers momentum kry oor dinge wat haar irriteer. Sy spoeg en spat en skel. Daarna is sy gewoonlik 'n bietjie flustered.

Die voorvader sit die kamera op die driepoot. Delores is gek daarna, want dit gebeur net wanneer hy saam met haar voor die lens gaan verskyn of die dekor gaan verander. Hy het sy formele kabaretpak aan. Streng gestrikdas en gekeil. Hy steek sy kabaretkierie ver vorentoe, reik na die kamera en praatsing rug-aan-rug met Delores haar dilemma:

D: *Die predikant kom so baie by Ma-a-a*
V: *dat ons hom maar losies kan vra-a-a*
D: *en sy vrou-ou-ou,*
V *die ou pou-ou-ou*
D: *kom net saam,*
V *kom saam, kom saam*
D: *om 'n traan,*
V: *die trane die rol oor jou bokkie,*
D: *te pik-pik-pik,*
V: *sy pik-pik-pik*
D: *elke keer wat Ma-a-a,*
V: *Mamma Mia, Mamma Mia, Mamma Mia*
D: *haar tee sluk-sluk*
V: *Ghoem-petie-ghoem-petie-ghoem*

D: *Ag, tannietjie, solank tannie nie toelaat nie*
V: *O nee, nie toela-a-a-t nie*
D: *dat tannie, jou siel*
V: *O, tannie, jou siel*
D: *deur hulle besmet word nie*
V: *besmet word nie*
D/V: *Solank jy bly onderskei-jei-jei, my ou mensie*

Die dominee se vrou sit haar spierwit babahandjie op Ma se been. Die ou vixen, skinder Delores intiem na die kamera. Sy draai liefies om en om vir die kameraman en niemand sou vermoed sy is besig om lelik te wees nie.

Die voorvader skud sy kop nee-nee en sê formeel dat die siel die onsigbare samestelling van die lewe self is.

My siel is nie my lyf nie, vul Delores aan. Ook nie my bloed nie.

Die siel is onaantasbaar, eggo die voorvader.

En sy kan self onderskei, koggel Delores in die kameralens. My siel met haar kennis wat bo-aards is.

Amen, sê die voorvader.

Jou dom, dom mevrou Predikantsvrou, sluit Delores die nommer af met haar wysvinger onder die kamera se neus. Sy draai na die voorvader wat ewig met sy lens peuter.

En wat van Pa? vra Delores desperaat. Plaas dat die kerk hom oor hóm ontferm. Ma sit nie 'n toon in die kerk nie. Veertig jaar al.

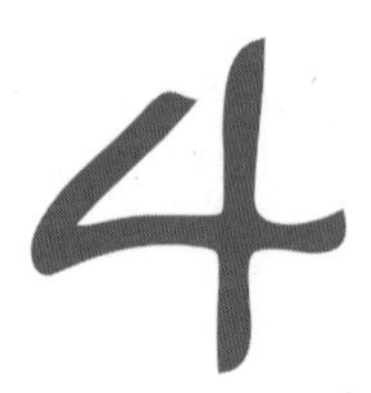

Delores se pa is nou tagtig. Hy speel nog gholf saam met haar. Elke Vrydag. Hulle ry met die karretjie. Hy vat lank om 'n bal te slaan. Soms speel hulle net vyf gate. Sy kan hom nog nie wen nie. Hy oefen sy kortspel te veel. Hy kan geblinddoek die bal op enige setperk sink. Delores se oë word sag vir haar pa. Sy kyk vir hom en hy knik. Ma sê hy is skaamteloos met die uitdeel van sy knikke. Delores gee nie om nie. Hy eet graag haar kos. Sy maak vir hom melkpap of vla. Altyd saam met suurstof. Haar pa se emfiseem kan nie meer sonder suurstof eet nie.

Maar nou ná die rape wil hy hoegenaamd nie meer eet nie. Oudokter sê dis posttraumatiese stres. Hy sê haar pa verwyt homself dat Ma gerape is. Oudokter is 'n chauvinis. Hy is baie jammerder vir Delores se pa as vir Ma. Oudokter is sewentig en Delores se pa speel al veertig jaar lank saam met hom gholf. Oudokter raak emosioneel oor wat Grootgees getref het. Hy sê Delores se pa is die beste joernalis wat hierdie land ooit opgelewer het. Delores verstaan dit eers nie mooi dat Oudokter meer hartseer is oor haar pa wat nie eens by was met die rape nie.

Jou ma kan makliker oorleef as jou pa, sê hy, want sy leef nie met haar hart nie.

Ma moes haar hart versaak om saam met my pa te kon leef, sê Delores sag. My pa leef eenvoudig. Sy lewe word gerig deur die bevrediging van sy behoeftes. Ma se hart vra meer.

Oudokter sê hy het Ma gesien en sy makeer niks. Sy lag en leef, sê hy. Jy hoef jou nie oor haar te bekommer nie. Kyk na jou pa, vermaan hy ernstig.

Die sielkundige sê vir Delores dis 'n manding. Vir 'n man is verkragting die grootste sonde wat testosteroon aan testosteroon kan doen. Dit is die motief agter die verkragting van die vyand se vrouens. Jy bring 'n volk se soldate op hulle knieë as jy hulle vrouens verkrag.

Hoekom het ons dan sommer nou die dag nog seuns army toe gestuur as ons al hierdie dinge wéét? vra Delores vir die sielkundige.

Ma praat nie oor Delores se pa se eetgewoontes nie. Sy sê hy is oud genoeg om na homself te kyk. Ma sê hy behoort verantwoordelik genoeg op te tree sodat hy nie nog vir ander mense bekommernis bring nie.

Delores bel haar pa se runner om hom na haar huis te bring. Die runner is haar pa se lyfslaaf. Hy is haar pa se ewige jeug. Hy was sy klere, maak die woonstel skoon en bestuur sy motor. Haar pa stuur hom rond waar sy longe nie meer wil nie.

Delores se pa leef naby sy Skepper. Haar pa se intellek het hom nie — soos by Ma — van God beroof nie. Sielkundiges gaan almal hel toe, sê hy. Hulle is so dekadent dat die duiwel hulle een vir een insweer as dissipels.

Ek kry jou ma jammer, sê Delores se pa. Sy sit vas in hierdie lewe en aan haar eie goddelikheid. Sy gaan vir altyd en altyd en altyd alleen wees. Hy tuur ver. Maar dis haar keuse, sug hy uiteindelik diep.

Delores weet haar pa is nie regtig so kwaad vir Ma nie. Hy probeer maar net van sy frustrasies ontslae raak. Haar pa kan steeds nie glo dat Ma gewoon op 'n goeie dag opgehou het om hom te vergewe nie. Daarna kon hy haar nie meer raak nie. Sy was steeds die een wat hom moes help wanneer hy hom onbetaamlik gesuip het, maar hy was nie meer haar geliefde nie. Ma kon nou sy gewonde ego salf ná elke vurige liefdeseskapade sonder dat sy self in die slag bly.

Ma sê Delores se pa is net haar naaste. Sy het hom nog lief, maar sy het hom regtig nie meer nodig nie.

Delores verstaan dit. Liefde is ál wat uiteindelik kan instaan vir alles. Wat moet kompenseer vir die wilde hartstog wat ons so stuk-stuk uitbrand. Miskien is dit die enigste manier om werklik lief te hê? Wanneer jy nie meer jou geliefde nodig het nie.

Die voorvader streel met sy vinger oor Delores se neus.

Ek is bekeer, sê Delores. Ma se nuwe liefde vir my pa is soveel beter as die een wat hartstog gehad het, of hoe? soek sy bevestiging by die voorvader. Maar hy kyk weg.

Haar pa se kop het nou vasgesteek by hemelpraatjies.

Delores swyg en knipoog vir die voorvader. Glo jy nog aan die hemel? vra sy vir haar pa.

Natuurlik, kyk hy haar verbaas aan. Natuurlik moet daar 'n hemel wees. Daar moet doodeenvoudig 'n beloning wees vir al die strônt wat ek hier op aarde moes opvreet, swets haar pa met sy Bolandse bry.

Só is my pa, fluister Delores. Hy laat my dans en dans. Alles is vir hom 'n knipoog. Hy sal een oomblik Winston Churchill se hele oorlogstoespraak verbatim aanhaal, en binne 'n oogwink begin heupswaai asof hy die ramba dans.

Haar pa speel *Fly me to the moon and let me play among the stars* op Delores se nuwe CD-speler en sing met 'n hees fluisterstem saam. Die onkoloog het sy stembande beskadig toe hy 'n gedeelte van sy tong saam met die pyprook se kanker moes uitsny.

Jy klink nou soos Richard Harris, het Delores vir haar pa gesê. Miskien kan jy nou 'n kontrak losslaan om sexy gedigte voor te lees.

Haar pa vra ernstig dat Delores eendag *Fly me to the moon* op sy begrafnis moet speel. Jy moet 'n original crooner version soek, sê hy. Maar jy mag nie in die kerk kom sit nie, knipoog hy vir haar. Jy sal tog net die diens ontwrig. Hy lag homself in 'n hoesbui in.

Dis ongelooflik hoe sjarme nooit vernietig raak nie, dink Delores. Sjarme is God se grootste geskenk aan 'n man.

Wanneer ek doodgaan, sê haar pa vir Delores, moet jy maar teen Blouberg op en daarbo vir my waai.

Delores dans deur die kamer en vermaak haar pa met passies op sy begrafnislied. Hy is stil vandag. Hy kyk deur die venster sonder om hom verder aan Delores te steur.

Ek kan die wind in die takke lees, dans Delores tot by die voorvader. Ek kan voëls se aura ruik en ná drie soggens kry ek dit reg om te leviteer.

Die voorvader lag net, maar hy neem Delores stewig om haar lyf en swiep met haar deur die kamer. Delores los op in die atmosfeer van die vertrek.

My huis is waar ek droom, sug sy.

Sy ruik haar pa. Die voorvader sing sag by haar oor sodat sy die woorde kan onderskei van die musiek. Hulle albei weet dat die geheime taal van die aarde haar steeds ontwyk, maar dit maak nie saak wanneer hulle dans nie.

Haar pa sit doodstil en glimlag vir Delores as sy haar rok soos 'n baldadige Spaanse senorita teen haar heupbeen frommel. Haar hare hang tot onder haar knieë. Sy het dit nog nooit gesny nie. Blouswart kleur sy dit. Selfs al waarsku haar vriendinne dat dit haar ouer laat lyk.

Dit pas by my swart kar, verweer sy haarself teen die skimpe.

My pa hoor nie meer sy eie hartklop nie, fluister Delores in die voorvader se oor. My pa wil nie meer nie.

Daar is niks meer nuut as mens tagtig is nie, sug haar pa.

Hy is verveeld met wat oorgebly het. Hy beweeg

stadig en met moeite. Nooit ver van sy runner met die suurstoftenkie nie. Deesdae verkies hy dikwels die rolstoel.

Hy was wild, vertel Delores graag.

Sy probeer hom terugroep uit sy eie verlede. Sy steel vir haarself energie uit die passie waarmee hy geleef het.

My pa het nooit net een vrou, of een drankie, of een sigaar, of een T-bone gehad nie. My pa is 'n vraat, sê sy en loer na hom. Hy hou van alles in oormaat. Dit vra enorme energie.

Haar pa lag lekker en lek met sy tong oor sy bolip.

Jy weet, sê haar pa, ek het niks teen die looks wat vir my gegee is nie. Maar dan, voeg hy met 'n skalkse glimlag by, as 'n mens dink hoeveel ek het om te bied, is dit fokken onverstaanbaar dat ek hierdie lyf moes kry. 'n Ou soos ék met 'n lyf wat so min hammering kon vat.

Uiteindelik weet 'n mens nie of dit alles die moeite werd was nie. My pa se hedonisme, sug Delores.

Hy vra Delores of sy na Ma sal kyk wanneer hy nie meer daar is nie.

Dis belaglik, snou Delores. Ma kom al die afgelope twintig jaar sonder jou klaar en buitendien, troos sy hom, gaan jy nog leef tot jy honderd is.

5

Delores haal 'n fyn wynglas uit die rooshoutkas. Met die ander hand reik sy na gisteraand se bottel in die yskas en byt die kurkprop tussen haar tande vas. Wyn van die goeie gode.

Waar daar nie wyn is nie, kan liefde nie gedy nie, sê sy haar standaardrympie.

Sonder om die glas neer te sit, voltooi sy die skinktoertjie in een gebaar. Dikwels geoefen voor die voorvader se kamera.

Toe ek nog eens 'n kalfie was, toe moes ek honger l-y-y-y. Rek die laaste noot soos 'n sterwende sopraan. Slurp 'n sluk uit die fyn glas. Uiteindelik kan 'n mens niks meer helder en duidelik herroep nie. Waar het ek die wynglas gekoop? In Italië of Egipte. Wat maak dit saak waar 'n wynglas vandaan kom?

Daar is n-i-i-i-ks soos w-a-a-a-re lie-e-fde, sing Delores haar in die nostalgie in. Sy streel haar pa se hare. Dis nie grys soos ander mense s'n nie. Haar pa se hare is sagte, vloeiende silwer. So blink en glad. Jy is so mooi, sug sy.

Iewers moet nog sigare wees, sê sy vir haar pa. Ek het twee gekoop: 'n Cuban vir jou en 'n dik, sagte Romano vir myself.

Haar pa kry nie wyn nie. Hy het reeds te veel gehad in sy lewe. Kanker van alkohol en nou emfiseem van sy rokery. My pa het kanker gewen, maar hy weet hy gaan nie sy longe skoon kry nie.

Delores se pa voel jammer vir haar. Hy weet sy gaan heelnag konsert hou. Hy staan voor die venster en sprei sy arms teatraal. Hy word opgeneem in 'n handgebaar van haar en buig diep voor die voorvader se kamera.

Ek is die reïnkarnasie van Gregori Raspoetin, sê hy vir die voorvader se kamera. Ek was 'n clairvoyant van geboorte, sê Delores se pa.

Dis waar mý heldersiendheid vandaan kom, lag Delores. Van my pa geërf. My pa kan wonderwerke doen, neem Delores oor. Hy kon Ma laat treintjie speel en die lemoenbome in die somer laat dra.

Hulle lag luidrugtig en haar pa slaan met sy hande op sy knieë. Elke keer as hy lag, begin hy hoes en dan vee hy sy mond af en sê fok. Maar hy laat hom nie van stryk bring nie. Delores se teater is sy danssaal. Dis waar hy haar die graagste ontmoet.

Ja, sê haar pa, daardie dae was dit nog: *The best is yet to come*. Tóé, voeg hy by, het ek nog alles in terme van potensiaal gesien. Later het ek slimmer geword. Ek glo nog dat die siel aan God behoort, maar ek het nou meer insig. Niks gaan beter word nie. Ons het maar net die oomblik. En die vlees is ons enigste troos. 'n Skrale een. Jy moet jou siel se skaduwees verdrink in jou sintuie. Daarom dat ek nie glo in gesond leef nie. Dis twak, sê hy. Jou liggaam abba net jou siel. Dis niks anders as 'n ryding nie. Haar pa het nie juis respek vir sy karre nie. Delores het al saam met hom in sy outomatiese Ford tarentale deur 'n mielieland gejaag.

Jou liggaam se las is nie jou siel se las nie en jou siel se behoeftes is nie jou liggaam s'n nie, predik hy. My gees leef hier op aarde en my liggaam moet byhou. Ek las hom met bloudraad op die swak plekke. Kan nie juis wag om van die ou liggaam ontslae te raak nie.

Haar pa glimlag en steek sy sigaar in sy sak.

'n Ware man praat nie oor die dood voordat hy vyfduisend bottels wyn en honderdduisend sigare gerook het nie, maak hy vir prins Otto von Bismarck na en steek sy bors uit asof hy lankal hierdie doelwit behaal het. Hy soek sy sleutels en roep na sy runner. Hy rook nie meer voor mense nie. Hy hoes te veel en maak almal ongemaklik as hy so na asem hyg.

Delores nooi haar pa vir 'n pot skaak. Sy flikflooi dat hy by haar moet oorslaap. Sy sal pap en wors met tamatie-bredie vir ontbyt maak. Sy wil met hom gesels oor die rape.

Hy hou nie meer van vreemde beddens nie, keer haar pa. Delores weet hy verlang na sy suurstofmasjien.

Dis nie 'n nag vir alleen wees nie, smeek Delores.

Mooi ry, my kosbare Grootgees, soen Delores hom op die wang.

Sy soek haar troosmusiek uit. *Tristan en Isolde* is so lank, sug Delores, maar hulle sal my regdeur die nag kan neem. Sy sit die musiek harder. Soms is dit goed om musiek te ken wat jou in 'n beswyming laat versink, dink Delores terwyl Wagner deur die vertrek dawer.

’n Teug aan ’n goeie sigaar laat ’n vrou ánders voel. Beter as om kaalgat voor die kerk te dans op ’n Woensdagaand voor biduur. Dis asof jy in die heel boonste lagie van onbehoorlikheid inswem. Delores byt die sigaar tussen haar tande vas en probeer alles doen sonder om die sigaar uit haar mond te haal.

Dis ’n kuns om ’n goeie sigaar te geniet, het haar pa vir Delores geleer. ’n Cuban is die heel beste, glo hy. Die besondere ferm, bruingladde tekstuur en die sagte blare. En jy moet die neus hê, sê haar pa. ’n Mens kan nooit bedrieg word deur die geur van ’n Cuban nie. Delores hou van soet sigare wat sy tussen haar lippe kan pruim.

Eers die sellofaan sagkens afrol, dan die puntjie effens in jou wyn doop om die soet te laat uitstyg. Net lank genoeg vir die druif en tabakblaar om te soen. Nou die klam puntjie versigtig afknip. Delores hou daarvan om ’n gaatjie aan die stomp kant met haar oorbel te gaffel. As sy tussen mans is, sny sy die punt af. Haar pa sê tussen mans moet mens altyd die ritueel heilig. Mans is tropdiere, sê haar pa. As jy die regte rituele volg, sal hulle nie agterkom dat jy ’n vrou is nie.

Maar die groot toets lê in die aansteek. Dit vra oefening. Baie min vrouens kry dit reg om ’n sigaar behoorlik te bemeester. Om dit met één vuurhoutjie of één klik van die lighter aan die brand te kry. Blowfish, blowfish. Puff-puff.

Delores is naar. Sy leun ’n oomblik teen die spieël. Dan krap sy haar teatergrimering uit. Sy smeer die ou Leichner met egalige hale oor haar wange. Die taai, wit laag maak al die slote op haar gesig toe. Dis soos ’n wonderwerk. Polyfilla oor die jare. Die nek. Hoe vreemd dat 'n mens se vel saam met die jare rek om uiteindelik weer te groot te word soos dit by geboorte was. Nog net die stukkie nek bykom wat by die swart kaftan uitsteek. Die sigaar proe neuterig saam met die wyn.

Is dit jy wat so vir my loer, vra Delores vir die voorvader.

Hy is speels en kom makliker nader wanneer sy bietjie gewyn is. Hy hou van haar wanneer sy met eenman-nagteater begin. Vanaand het hy 'n pienk rok van fake slangvel aan wat soos kleefplastiek om sy kurwes blink en die lelike knopperigheid van sy knieë toemaak. 'n Wit volstruisboa lê lui om sy nek.

Ek is so bly jy het opgedress vir my konsert, gesels Delores. Wil jy 'n tjortsie wyn hê?

Die voorvader trap versigtig op die hoë hakke. Hy leun oor haar na die spieël en gebruik sy pinkie om sy lippe noukeurig na te trek. Hy smak hard en tevrede en klap homself op die boud. Sy vereboa vlieg heen en weer soos hy voor die spieël te kere gaan.

Pasop, gil Delores. Jou vere val in my wyn, man.

Sy skrik effens, want sy is altyd versigtig wanneer sy met die voorvader praat. Sy vel is dunner as ryspapier. Wanneer hy hom wip, verdwyn hy soos niks. Soms bly hy dae lank weg as Delores onbeskof was. Sy kan nie besluit wat sy die meeste mis nie: die voorvader of sy kamera.

Selfs wanneer Delores uit die bad klim, verbeel sy haar dat die kameras draai en dat sy op 'n sensuele manier moet afdroog. Dan voer Delores lang gesprekke met haar voorvader oor die inhoud van die draaiboek. Delores kan bitter ongeduldig raak wanneer hy hom inmeng met die draaiboek. Hy hoef maar net sy neus op 'n plooi te trek of te hoes. Maar hy weet tog hoe om Delores se wêrelde te versoen. Sy kyk na die kamera.

Soos die verteller in 'n Griekse drama vou Delores haar hande en begin haar monoloog:

Op veertig en onvervuld, sê sy (*pouse van vyf sekondes, diep hoorbare asemteug*), het Delores, die voormalige (*klem op voormalige*) aktrise, besluit om so aanskoulik moontlik haar lewe te neem (*steek twee kersies in glasies tydsaam aan*). Ek was daar, gaan Delores voort (*kyk uitdagend na die kamera*). Delores het almal wat sy ken na haar huis genooi (*stap tydsaam verby die fotogalery teen die muur, kamera zoem in op swart-en-wit kunsfoto's van vriende. Foto's lyk na die partytjie wat beskryf word*). Dit was haar verjaarsdag (*zoem in op oordadige drieverdiepingkoek oortrek met kersies, alles donker, net die koek verlig die vertrek*).

Delores knik vir die voorvader om hom in die storie in te nooi. Hy vroetel met die lens.

Toe die gaste opdaag, gaan Delores voort, is dit haar voorvader wat hulle na binne lei (*wye handgebaar na die teenswoordig rustige woonkamer*). Delores loer met skrefiesoë om die voorvader se reaksie te toets. Haar lafhartige minnaar was ook daar, sê Delores bitterbek. Die man wat haar liefde geweeg en te lig bevind het (*pruilmond*). Op die podium in die danssaal het Delores, toe oë op 'n kitsch vergulde troon, in 'n lotusposisie met haar kop agteroor gesit (*demonstreer toe-oë, duim en wysvinger van lotusposisie*). Wit rok, pêrels om die kop wat in stringe tot op die grond hang (*haal stringe pêrels uit buffet se laai en draai om kop*).

Delores is on a roll. Sy geniet haar gate uit en praat ál vinniger.

Almal, haar minnaar inkluis, het gemeen dis een van hulle gasvrou se gebruiklike preludes tot 'n onvergeetlike aand (*sug diep en hoorbaar*). Maar ure later, toe die drank begin trek en die gaste honger word, het haar minnaar begin torring aan die mediterende gasvrou *(klap beide hande oor mond in skokgebaar).* Delores was toe reeds ure dood. Oordosis. Sy het die koerante gehaal en die TV. Die effek op die gaste was soos beplan. Onuitwisbaar.

Die voorvader dink nie die storie is snaaks nie. Delores se sin vir die dramatiese is ongesond. Hy sê selfmoord is soos omdraai.

Jy draai tog nie om op 'n pad wat jy self gekies het omdat jy dit so bitter graag wou stap nie, redeneer hy.

Maar dis juis die punt, stry Delores. Die belangrikste gawe bly juis dat ek simpel genoeg is om óm te draai as ek rêrig wil.

Sy is skielik nie meer lus vir speel nie en haal die pêrels van haar kop af.

Jy weet, sê Delores hande op die heupe, as ek nie die keuse het of ek wíl leef of nié wil leef nie, is ek klaar so gefok dat dit vir my nie meer 'n opsie is óm te leef nie.

Die voorvader antwoord nie. Hy sit die kamera neer en vou sy arms. Dan skakel hy die kamera af en haal die batterye uit. Hy haal die bandjie uit en sit dit in sy mond. Stadig kou hy Delores se fliek en sluk haar voornemens in.

My fliek het al twee keer geëindig, trek Delores haar skouers argeloos op. Die eerste keer nadat ek *Waiting for Godot* gelees en besef het dat die lewe toetentaal g'n betekenis het nie. Toe het dit vir my gevoel my fliek is verby. En die dag toe my meisiekind gebore is, het my fliek ook kláár gevoel. Twee verskillende eindes. Gelukkig was daar elke keer weer 'n nuwe begin, sug Delores dankbaar.

Ek haat eindes, sê sy vir die voorvader.

Elke klok moet een of ander tyd gaan staan, Delores. Dis 'n gegewe. Net eindes is seker. Die dood stop lewe, maar gee weer oorsprong aan nuwe lewe. Dis die ewige geboorte, sê die voorvader.

Delores lig haar glas. Welkom in die eindeloos voortstuwende lewe. Jy kom, jy gaan en jy kom. Alles is ’n komplot. Die regisseur het ’n nimmereindigende kringloop geskep. Ons moet probeer om dit te geniet. Dis veronderstel om fun te wees.

Delores leun moeisaam vooroor en druk die sigaar in haar wynglas. Haar hand bewe effens. Die bokant is fyn geplooi. Sy is nie juis gepla met die konfrontasies van ouderdom nie. Tog respekteer sy vanaand opnuut die onverganklikheid van die spel. Dit vra vir helder ligte en oordaad. Vanaand is nie vir donker derms nie.

Waar’s die gloves, dahlink, smeek sy die voorvader vir ’n nuwe begin. Kom ons kry die gloves. Ek kan nie met my geplooide pote ons stuk bederf nie. Teater verander die nagmerrie in ’n wet dream, don’t you think?

Sy hou haar kop skeef en wag vir ’n antwoord.

Teater is verbeelding. En verbeelding is die enigste verweer teen vrees, sê die voorvader.

Dis die plek waarheen ons almal moet, sê Delores. Ek, ma, pa en die kinders hoort in die teater. Maar niemand wil saamspeel nie, sug sy. Ek dink die werklikheid het ons vasgeboei. Ek dink die script is klaar geskryf en dis ’n tear-jerker. Ons is doofstom akteurs met ’n script wat stink. En ek sien geen fokken regisseur nie.

Die voorvader dans met sy vereboa. Hy swaai en draai en wieg met sy arms. Hy glip gemaklik rond op die hoë hakke. ’n Sierlike transvestiet. Hy kom staan uitasem voor Delores.

Improviseer, beveel hy. Uiteindelik is dit ál wat beoordeel word: jou vertolking.

7

Ek weet alles van depressie, sê Delores vir die sielkundige.

Sielkundiges hou nie daarvan dat mens jouself diagnoseer nie. Sy maak dus asof sy nie Delores se opmerking hoor nie. Maar Delores het 'n kleintjie dood aan depressie. Sy bestudeer dit in praktyk en vind dit altyd te lig vir al die aandag wat dit kry.

Mens kan depressie weglag, wegdrink, wegdink, grinnik Delores vir die sielkundige. In fact, voeg sy by, as jy in die nuwe Suid Afrika 'n sangoma in jou vriendekring het, kan jy dit sommer wegtoor. Delores kyk nie weer op nie, sy rammel voort: Mens kan dit met 'n *la petite mort* op die Franse manier wegseks. Of nog beter, roep sy uit met 'n vinger in die lug, mens kan dit wegoefen soos die nimfies by Virgin Active. Jy kan dit wegeet, trek sy haar skouers op. Of jy kan jou sielsalig daaraan oorgee. Jy kan in 'n fetusposisie voor die hi-fi gaan lê en sleepvoetmusiek oor jou lyf laat kruip totdat dit donker word om jou.

Delores skep diep asem. Die sielkundige behoort die prentjie te kry. Sy wat Delores is, ken al die kort paaie.

Die sielkundige ken vir Ma. Ma het vir haar klas gegee. Sy bly lank stil. Sy weet nie of sy genoeg van Delores weet nie. Sy soek 'n plekkie om Delores in te file. Sy is effe verbouereerd, want Delores se familiebande met die geagte professor maak haar ongemaklik. Sy is oorstelp oor Ma gerape is. Dis Ma se stille meerderwaardigheid wat dit vir haar onvoorstelbaar maak.

Hierna luister Delores na die sielkundige se ergste vrese. Sy bly op haar eie. Haar kinders kan ook gerape word, of syself, kla sy formeel. Delores kloek simpatiek met haar tong en betaal die konsultasiefooi by die deur.

Delores voel goed. Sy het die sielkundige 'n bietjie brandstof gegee. Vriende kom herlaai dikwels by Delores. Sy gee nie om nie, behalwe vir dié met chroniese depressie.

Al begryp Delores byna die ganse mistieke heelal, kan sy nie deernis ontwikkel vir depressie nie. Hartseer en teleurstelling is één ding, maar om toe te laat dat die ewige vaalte om jou toesak? Aikôna. Dis sonde. Daar is altyd 'n agterdeur. Hoe kan 'n mens geestelik só verblind word dat jy regtig nie meer kan sien nie? Selfs Helen Keller kon nog die son sien en sy was wragtig blind.

Daar is mense wat die vaalte van die lewe soos 'n kleed om hulle vou, sê die voorvader. Dit is die eintlike toets, sê hy. Om die vaalte te deurleef. Om tot in jou vesels die verlatenheid te voel. Kyk maar na jou vriendin, sê die voorvader. Sy vrek oor huil. Dit kan mens nog verstaan, want huil is dramaties as jy die regte crowd om jou het, maar jou vriendin huil alleen ook. In 'n donker kamer.

Ek sit in die put, sê Delores se vriendin. Jou woorde maak minder lig as 'n koek se kersie hier in my put, huil sy oor die foon. Sy snotter en trek haar kop toe. Selfs Ma wat in alles 'n uitdaging sien, het nie aptyt vir Delores se vriendin nie.

En sy loop in die reën, die arme vriendin. Dit hou net nooit op nie. As daar nie by haar ingebreek word nie, ry die buurman haar hond dood. Dan huil sy.

Wat het ek verkeerd gedoen? vra Delores se vriendin. Dat die noodlot my so pootjie? Dink jy God praat met my? traan sy voort.

Sy dra helder geel en rooi omdat sy tweeduisend rand betaal het vir colour coding. Ma sê dis vir effek.

Die helder kleure vorm so 'n treffende kontras met die vriendin se hartseer dat geen mens dit kan miskyk nie. Troos is haar kruk, glo Ma.

Nee, sê die voorvader. Delores se vriendin het gevra vir hartseer. Elke mens, sê hy, hanteer hartseer ánders en dit bepaal uiteindelik jou karakter.

Die voorvader maak Delores slim.

Every depression is deeply connected to your insolence to praise (*Jalalu'l-Din Rumi* — 'n Moslem-mystic)

Shit happens (Forrest Gump)

Life is difficult (Jung)

Dis nie die hemel hierdie nie (Ma)

Gaan net aan, laat die honde kef (Grootgees)

Ma verwys na depressie as *theomania.* Dit wil sê die lyer verkeer onder die illusie dat hy of sy te goed is vir wat met hom of haar gebeur. Dis 'n aanvaarbare teorie, meen Delores. Haar vriendin se pa noem haar nou nog sy prinsessie. 'n Sewe en dertigjarige prinses. Elke lover van Delores se vriendin moes haar sedert sy haar virginity verloor het, Prinses noem.

Ander mense raak vinnig siek in Delores se vriendin se geselskap, maar Delores geniet dit om te sien hoe haar vriendin ander se ongelukkies uitbuit om haarself beter te laat voel. En sy weet alles van almal. Voordat jy besef dat die noodlot jou getref het, vertel sy dit al vir ander. Delores se vriendin het 'n baie spesiale band met die noodlot.

Só staan Delores se vriendin voor die deur met haar geel pakkie en rooi handskoene. Haar netjiese kapsel het oor die een kant van haar gesig getuimel en haar wangbeen is geswel.

Jy moet my help, Delores, huil sy.

Delores se vriendin het 'n boyfriend. Die wettige eggenoot van 'n verontregte vrou in Kampsbaai. Die vrou het die waardige ding gedoen om die huis te verlaat. Vanmiddag was Delores se vriendin se kans om rustig mates te gaan neem in haar boyfriend se leë huis.

Maar jy sal my nie glo nie, Delores, huil sy op Delores se stoep. Sy vrou het op my gespioeneer.

In Delores se woonkamer sit die voorvader reeds voor die TV en krul van die lag. Delores se vriendin se sepie speel oor die skerm. Delores loer ongemerk oor die voorvader se skouer na die TV.

Die kameralens fokus op die groot tuin. Wulpse varings en kunsfonteintjies. Die huis is wit, hoekig en hoog. 'n Imposante inrylaan. Die kamera neem Delores in die huis, na die ruim voorportaal waar haar vriendin op 'n leer staan. Geel linnepak en fyn rooi sandaaltjies. Voor die huis stop 'n groot, wit motor geruisloos. 'n Goedversorgde vrou met Oosterse gelaatstrekke klim uit die motor. Dis die boyfriend se vrou wat kom om haar laaste besittings uit 'n huwelik van negentien jaar te verwyder.

Die kamera stol op die vrou se gesig wanneer sy die voordeur oopmaak en die vriendin so van agter op die leer sien staan. Haar gesig vertrek in wrede woede.

Die kamera fokus op die grasbesem langs die leer. 'n Voorspelbare regisseur. Die boyfriend se vrou gryp die besem en begin verwoed na die vriendin slaan. Delores se vriendin tuimel grond toe. Die lens lê haar beangste gesigsuitdrukking vas. Sy keer met haar hande en arms. Nie een van die vrouens maak 'n geluid nie. Silent movie. Asof hulle genoeg kophou om te weet dis unladylike om soos 'n slet in die openbaar te kyf.

Delores se vriendin skarrel handeviervoet tot by die deur, waar sy wonderbaarlik regop kom en op haar rooi sandaaltjies onder die vallende houe uithardloop. Suiwer adrenalien. Die boyfriend se vrou se skoene is uit, maar haar rok is nouer. Dit gee die vriendin die gelukkige voorsprong.

Die voorvader se kamera volg hulle in slow motion. Vier blokke teen Kampsbaai se steiltes hardloop die vrouens met opgetrekte rokke.

Net so vinnig as wat die eerste hou geval het, gaan die boyfriend se vrou staan. Asof sy genoeg gehad het. Sy lyk nie eens moeg nie. Sy vee haar hare terug en stap met haar nek lank en regop. Delores se vriendin hol nog 'n hele straatblok ver. Dan besef sy dat sy alleen is en kyk om. Sy sak vooroor en 'n sekerheidsmaatskappy se motor stop langs haar. Sy val in die motor. Die beeld op die skerm flikker.

Delores vee die lagtrane uit haar oë en kyk na haar vriendin.

Die vriendin streel oor haar geswolle wangbeen. Ek het niks aan haar gedoen nie, snik sy hartstogtelik. Die vernedering! Maar sy wil nie 'n saak maak nie, sê sy. Haar boyfriend se woede gaan baie erger as tien magistrate wees. Sy kry die gewese vrou bitter jammer as háár boyfriend met haar klaar is.

Op aarde, sê die voorvader, kry ons die perfekte balans tussen hemel en hel.

Die voorvader sprei sy hande sywaarts soos 'n voël se vlerke. Hy het 'n swart leotard aan en staan soos 'n flamink op een been en buig sy bolyf vorentoe.

Sommige, sing hy in 'n ryk bariton stem, *sien die h-e-m-e-l waar hul g-a-a-n. Ander sterf s-t-a-d-i-g in die swaeldampe van die aardse h-e-l.*

Delores elmboog die voorvader laggend uit haar pad en sit die ketel aan. Haar vriendin is byna histeries. Sy kort dringend soet tee. Susters verenig. Delores weet sy is goed met troos.

Sy kam haar vriendin se hare en tap 'n warm bad. Sy dra Old Brown Sherry aan. Soos die bottel in die badkamer sak, begin hulle giggel.

Vreemd hoe drank die beter kant van party mense

belig, mymer Delores. Sy reken dat sy net so 'n graad nicer is met 'n dop agter die blad as daarsonder en sak op haar hurke teen die badkamermuur af.

Delores het op 'n vreemde manier respek vir haar vriendin. Dat sy 'n perfeksionis is. Sy sal iets tien maal oordoen en broei en wéér doen totdat dit reg is. Soos sy in haar kop beplan het. Delores is glad nie só nie. Sy verander voortdurend die blueprints soos sy aangaan. Om dinge makliker te maak sodat dit lekker kan blý.

Niks lyk uiteindelik ooit soos ek dit beplan het nie, kla sy by haar vriendin. Ek weet nie of dit beteken dat ek swak standaarde het nie. Ek weet nie of ek moet skaam wees nie, maar ek is maklik tevrede met tweede of derde keuse as eerste nie beskikbaar is nie. Dis so 'n schlepp om vir bruin skoene te soek as daar geles in die eerste winkel se venster is.

Die vriendin begin dronkverdriet kry oor haar boyfriend wat haar dalk gaan los en vir wie sy so diep, diep liefhet. Dit irriteer Delores só dat die paartie verby is dat sy taktloos sê: Jy kan net jouself liefhê. Dit is hoe jy dit regkry om jou merkwaardige bewussyn van jou eie ongeluk voortdurend te troetel. Ek dink nie jy sal aan een mens getrou kan wees nie, dryf sy die dolk deur die vriendin se hart. Jy sal altyd na goedkeuring bly soek.

Die voorvader stem heimlik saam, want mans is vir die vriendin 'n gerief. Sy kry verbasend baie reg met haar pruilbekkie en blonde haardos.

Jy maak my séér, kweel die vriendin dronkerig. Hoekom doen jy dit, lispel sy soos 'n dogtertjie.

Maar Delores is op dreef. Liefde word op jou vermors, gaan sy genadeloos voort, want jy kan dit nooit met rente teruggee nie. Jy is te ydel.

Delores weet sy kan nou enigiets sê. Dis soos dobbel. Jy weet nie hoe groot die risiko is nie. Hoeveel sal haar vriendin môre onthou? Maar Delores voel so sterk omdat sy nie meer seker is of sy sal omgee as haar vriendin môre vir haar kwaad is nie.

Die voorvader skryf met lipstif teen die badkamerspieël: *Ydelheid is depressie se ferm voetstuk.* Hy swaai sy vinger woer-woer voor die vriendin se neus. Ydelheid is depressie se mistieke ondertoon.

Ek weet van die meedoënlose eise wat ydelheid aan sy slagoffers stel, sê hy.

Dit raak te veel vir die vriendin. Sy huil in die spieël en gaan op die rand van die bad sit. Dan buig sy stadig vooroor en sak soos 'n marionet op die badkamervloer neer. Delores se vriendin hoor nie meer nie. Sy haal rustig asem en ruik na sjerrie.

Die voorvader help Delores om haar vriendin kaalgat in die dubbelbed te laai. Sy sal haar terug in haar verdrietigheid inslaap, meen sy en bel haar dogter vir straatteater.

Delores wag vir haar dogter.

Sy hang lui rond voor die spieël en kyk na die sonstreep wat oor die stoel voor die venster val. Sy sit weer in 'n sonstreep en haar minnaar neem haar af. Hy en die voorvader het mekaar uit die pad gestamp om haar op film te kon vaslê. Haar minnaar se foto's het van Delores 'n boheemse nimf gemaak.

Sy sit in die sonstreep met haar bruin bene opgetrek teen haar swanger maag. Die son kielie oor haar bors, haar boep, haar naeltjie en kleintoon.

Haar minnaar soen haar met sy kamera. Hy streel haar oor tydskrif- en kunsbladsye. Haar minnaar dra groot kelke rooi wyn aan oor die mat. Hy lê met sy kop op haar skoot en vertel haar tot in sy storie. Haar minnaar vat haar deur die spieël die ewigheid in. Hy stel die kamera op en skuif langs haar in op die groot stoel.

Kyk, sê haar minnaar, ons verewig hierdie volmaakte oomblik.

Delores grawe tussen haar foto's en druk dié oomblik teen die spieël vas. Sy glimlag breed vir haarself. Ek was mooi vir my minnaar, sê sy. Sy voel die hartseer in haar keel opkruip. Die foto bevestig die vrees wat Delores probeer besweer: die onherroeplikheid van haar vergange jeug, haar verlore liefde.

Foto's is noodlotspieëls, sug sy. Onherhaalbare momente van pyn of plesier. Sy steek haar arms na die voorvader uit en sing: *Oh baby, do you want to dance with me, do you want to dance …*

Die voorvader troos haar saggies oor die vloer terwyl Bette Midler vir hulle sing.

Delores voel gefrustreerd, hartseer en verward. Maar ek het 'n oorlewingstrategie, sê sy vir haar voorvader. Die beste manier om van vrolikheid, ellende of aggressie ontslae te raak, is tussen mense, sê sy. Sy draai haar uit sy arms en dans alleen verder. Ek moet vir hulle perform. Ek móét doodeenvoudig, dring sy aan. In public.

Die voorvader glimlag omdat haar grootste terapie, haar lewensenergie juis lê in die reaksie van die samelewing wat sy so verag.

Jy is 'n kuddedier met 'n identiteitskrisis, sê haar voorvader, maar sy glo hom nie. Hy lei haar tot voor die spieël en kam haar hare. Hy plak vir haar 'n kolletjie op haar voorkop.

Ek gee vir jou 'n ekstra oog, sê hy. Dalk sal jy beter sien. Dan draai hy 'n rooi lap van sagte sy om haar heupe. Vrees lê altyd laag en rooi in die heupe, sê hy.

Delores draai met hom voor die spieël. Haar bindi maak 'n helder groen kol tussen haar oë. Die rooi serp hang sag en sensueel om haar heupe. Verlange brand in haar keel.

Toe haar dogter opdaag, sien sy dadelik die foto van Delores en haar pa teen die spieël. Sy streel met haar vinger oor die foto. Sy sê niks. Sy wag dat Delores praat.

Maar Delores swyg. Sy maak tee en wag dat haar dronk vriendin wakker word.

Ek is oorloopvol emosies. Dit voel asof ek êrens moet gaan oopbars, kla Delores uiteindelik nadat hulle twee koppies tee gedrink het en die vriendin steeds slaap.

Haar dogter glimlag, want sy herken die moontlikhede in Delores se stem. Sy is van kleins af gewoond aan straatteater. Dis haar ma se interaksie met die wêreld en vir hulle kinders so basies soos broodeet. Die lewe bestaan daaruit om te skép, nie om te ontdek nie, leer Delores hulle. Solank ons vir ander dinge máák, bly hulle die ontdekkers en pocket ons die voordeel van godwees, lag sy.

Vandag gaan ons 'n chick fight in Cavendish hê, sê Delores vir haar dogter.

Haar dogter hou nie daarvan om mense te ontstel nie. Sy verkies vrolike tonele. Maar Delores het klaar die voorvader oorreed om sy kamera uit te haal.

Delores kies self die kostuums. Swart minirok en platinawit pruik vir haarself, met lang opgesmukte oorbelle wat tot op haar skouers hang. Haar dogter kry 'n verslete pienk truitjie met 'n crimplene-tennisrok en sandale. Die dialoog vat vlam toe hulle begin aantrek en die voorvader sukkel om by te bly.

Voor die deur van Stuttafords in Cavendish skel Delores haar common dogter omdat sy nie betyds was om te gaan groceries koop nie.

Die dogter teem in 'n askiestog-stemmetjie oor haar boyfriend se bike wat gebreek het.

Die Cavendish-kopers doen hul bes om die petalje te vermy. Die meeste verbygangers kyk anderpad. Hier en daar giggel iemand. Die mans is geamuseerd, die vrouens kies haastig koers. Tieners lag hulle openlik uit en een ou tannie korrel tussen stywe lippe 'n sies in Delores se rigting. Toe die twee begin handgemeen raak, is daar net 'n paar skoonmakers wat nuuskierig naderstaan.

Mense is skape, sê Delores later in die kompleksbestuurder se kantoor. Kan jy glo dat niemand ons uitmekaar gemaak het nie? As jy nie gekom het nie, sê Delores vir die man met die swart uniform, het ek wragtig my dogter se arm afgedraai vir reaksie.

Die voorvader sug en blinddoek hom met die oranje chiffon wat hy soos 'n mantel om sy skouers dra. Hy croon vir Delores. *Jy is so kreatief, my sweetheart,* sing hy, maar Delores luister nie. Sy is boos.

Mense is nie bokke nie, tier Delores voort. Bokke reageer darem. Skape wag net. Het jy gesien, vra sy, hoe passief die spul ons aangestaar het? Almal skape. Ons moet oppas vir die massamentaliteit van mallrats, waarsku Delores. Hulle besmet ons stadig maar seker met hulle gevrektheid.

Delores steek 'n sigaret aan, maar die bestuurder vra haar om dit dood te maak.

Wat dink jy gaan die Here doen as Hy terugkom en sien daar is geen bokke om uit die skaaptrop te jaag nie? vra Delores vir die voorvader.

Hy is jammer, sê die kompleksbestuurder, maar sy posbeskrywing verplig hom om 'n kriminele klag teen hulle te lê.

Toe haar seun hulle lank ná sewe by die aanklagkantoor kom haal, is Delores se vriendin lankal huis toe.

9

Daar is 'n brief van haar broer. Hy kom huis toe. Delores weet hy sal nie lank bly nie. Hy hou nie van drama nie. Hy kom net kyk of Ma heel genoeg is sodat hy kan teruggaan sonder skuldgevoelens. Haar broer doen altyd die regte ding. Hy sê darem terloops dat hy die studiegeleenthede by Stellenbosch wil ondersoek terwyl hy hier is. Delores hoop dat dit 'n tydrowende onderneming is.

Jy kan nie gaan nie, het Delores destyds gekeer.

Haar broer het die brief van Cambridge tussen sy vingers gevou en gevou.

Jy kan nie na 'n plek gaan waar die teksture vir jou vreemd is nie. Ons ken stoppelgras en brandboude. Ons ken die reuk van peperbome en brakwater. Dis tog te laat om bluebells en rooi paddastoele soos kinders te ontdek, pleit Delores.

Sy kyk reg in die voorvader se kameralens. (*Delores strek haar arms dramaties uit.*) Hoe seer was my hart en siel nie toe jy met jou vaal kuif oor die aanloopbaan gestap het. (*Sy huiwer 'n oomblik vir effek.*) Daarna het byna alles in my lewe verander. Ons was twee blink klippies uit Ma se vrugwater. Ons dra saam één siamese siel. En tog was dit asof die skeiding daarna maklik was. Ons skryf nie eens vir mekaar nie. (*Tersyde aan die gehoor.*) Behalwe toe sy vir hom op sy verjaarsdag 'n video gestuur het. Sy en haar vriendin het vir hom die Briels se *Jou Handskrif* gesing. Hy het darem gebel om te lag en dankie te sê.

Haar broer is pragmaties. Hy het haar getroos. Die gedeelde ervaring van ons kinderjare sal duur, het hy die nuus van sy emigrasie probeer versag. Jy het jou eie lewe. Jy het 'n man en kinders. Ons toekoms lê in twee aparte wêrelde. Mens hoef nie altyd fisiek in mekaar se teenwoordigheid te wees nie. Ons sal mekaar gereeld sien.

Dit was meer as vyftien jaar gelede.

Op Kaapstad Internasionaal trek Delores se keel toe. Sy dool rond in die aankomssaal en draf elke twee minute toilet toe. Die voorvader vererg hom vir haar. Delores is bang hy herken haar nie. Miskien herken sy hom nie. Daar was geen foto in vyftien jaar nie.

Die voorvader sing van 'n liefde wat baie oë het. Wat weet dat hy wat liefhet en hy wat liefgehê word, een is. Hy sing van vrees wat foto's laat vergeel en liefde wat foto's helder hou. As jou liefde voortleef, is foto's oorbodig, neurie hy.

Delores is dankbaar vir die troos dat sy haar broer se bestaan in haar gedagtes dra. Sy wêreld bly haar wêreld solank as wat sy glo dat hy deel is van haar. Aan die een kant woon sy saam met hom in Londen en aan die ander kant het hy saam met haar in Suid-Afrika agtergebly. Soms kom drink hy uit die bloute by haar tee op haar stoep. Snags droom sy dat hy vir haar die Ritz gaan wys. Hulle drink tee met pinkies in die lug.

Haar broer kom deur die skuifdeur gestap met sy Engelse jas en sy Engelse serp. Van ver af herken Delores sy vaal kuif en swaar bril. Hy loop skeef onder die gewig van sy reistas. Delores stamp haar voorvader uit die pad na die stewige omhelsing van haar jeug. Sy druk haar neus in sy hare en ruik sy goedversorgde nek. Dan loer sy onder sy arm deur na haar voorvader en wink vir die kamera.

Ek wens jy kon weer deel word van my en die voorvader se lewe, sug Delores oor 'n koppie koffie. Ek wens ons kon altyd vir mekaar balans bring.

Wanneer sy haar voorvader se naam voor haar broer laat glip of terloops oor hom praat, maak hy asof hy dit nie hoor nie. By vriende verwys hy paternalisties na Delores se aktiewe verbeelding. Of haar skattige manier om haar onderbewuste met realiteit te klee. Haar broer wys graag sy superieure kennis van sielkunde en teologie. Twee doktorsgrade, Ma se blompot.

Ek het bewyse nodig om te kan glo, beken hy. Ek is verstrengel in my eie intellek, sê die toegewyde kerkman.

Ek het gehoor jy is nou alleen, sê haar broer ongemaklik. Treur jy nog, of moet die mans gewaarsku word? vra hy later.

Sê jý liewer: Het jy al Afrikaans gepraat in 'n Engelse bed? vra Delores. Hy sit sy koppie neer en skater.

Hy het nooit tyd gekry om te trou nie, beduie Delores vir die voorvader. Soos Paulus 'n hoër doel nagestreef.

Haar broer vergaap hom aan haar hare.

Dis lank, jong, sê hy. Ek het nog nooit sulke lang hare gesien nie.

Hy kyk indringend na haar en druk met sy vinger op die groen kol tussen haar wenkbroue. Hy glimlag.

Groen is die kleur van die hart, onthou hy.

Daarna praat hy nie weer nie. Hulle sit gemaklik in mekaar se stilte. Sy sê ook niks nie. Hy het haar nooit vergewe dat sy haar geliefde bó hom verkies het nie. As straf het hy hom onttrek. Delores se geliefde het te maklik geleef. Sy planlose ploetery het hom eindeloos geirriteer. Hý was saaklik en ernstig.

Die man is roekeloos, kla hy by Delores. Hy is gewetenloos, glo haar broer.

Julle sal nooit verbaster nie, sug Delores oor die twee mans in haar lewe. My minnaar is 'n ewige soeker. Hy beweeg blitsig en duld nie verveling nie. Sy forté is sy veelsydigheid. Maar my broer is slim, kalm en beredeneerd. Sy kundigheid is sy beste bate.

Ons is nie veronderstel om van mekaar te hou nie, het Delores se minnaar haar getroos. Ons moet balans bring in jou lewe. In ons verhouding met jou. Later, toe haar minnaar haar geliefde geword het, het hy aan Delores erken dat haar broer miskien reg was oor hom.

Jy was Ma se lig, sê Delores vir haar broer om die beeld van haar geliefde te verban. Ma se oë het sag geword wanneer sy na jou kyk. Vir my het Ma net haar kop geskud en gewonder waarom ou Niek so knaend om my nek hurk.

Haar broer skater weer en druk haar hand.

Ek het baie jare geglo my voorvader se naam is Niek, vertel Delores verwytend. Ek het geglo as ek hom nie kan sien nie, hurk hy wydsbeen om my nek om Ma te tart.

Stilte. Haar broer weier om hom by die voorvader te laat insleep.

Maar jy was Pa se oogappel, sê hy. Ek het al die reëls gevolg en jy het almal verbreek. Ek kon nie met my gehoorsaamheid sy hart wen nie en jy kon hom nie skok met jou rebelsheid nie. Ons is in dieselfde bootjie, paai hy.

Ek het my nie te veel aan Ma gesteur nie, draai Delores nou na die kamera. Ek het voortdurend my kans afgewag om my broer af te knou. Ek het hom liefgehad, maar terselfdertyd het ek sy swakhede gehaat. Hy was te effentjies met al sy fiemies en sy vrees vir die onbekende. Ek wou dit uitroei met my vuiste. Maar sy hulpeloosheid het my agterna gemeen laat voel.

Weet jy, sê sy vir die Londense predikant, wanneer ek my oë toemaak, dink ek terug. Nou nog. As kind het ek geglo ek is die enigste een wat swart sien wanneer ek my oë toemaak. Ek het gedink ander mense sien kleure en drome, maar ek sien swart soos Ma gesê het my hart moes wees.

Haar broer maak simpatieke keelgeluidjies.

Bó alles het ek my verlekker in die wete dat ek sterker was as jy, sê Delores vir hom. Sterker as Ma en selfs sterker as my pa. Ek kan onthou dat ek soms so sterk gevoel het dat ek bang was ek verander in 'n seuntjie.

Delores lig haar ken en wag dat die kamera rol.

Ma en my broer was deel van 'n wêreld waarin ek nie gehoort het nie. Net my pa was myne, sê Delores. Ek kon hom alles vergewe, want Ma wou hom eintlik ook nie gehad het nie.

Jy bly by my, kondig Delores aan op pad na Bloubergstrand.

Sy bly op Melkbos aan die Weskus. Haar broer verkies om by Ma in Blouberg tuis te gaan. Dáár waar sy kamer is. Hy snuif diep aan die seelug. Hulle is stil. Hy speel op die boulevard langs kusweg soos toe hy klein was. Hy draai om in sy sitplek en droom deur die agterruit terug na die berg. Delores weier om by Ma te stop.

Ek het dinge om met jou te bepraat, mompel sy.

Haar broer grinnik. Ek is nie meer sewe nie, Delores, sê hy. Vat my na Ma toe.

Delores is self verstom oor haar skielike woede. Sy rem op die seepad tussen Blouberg en Melkbos.

Klim dan af, snou sy hom toe. As jy nie by my wil bly nie, kan jy 'n taxi kry.

Sy sien in die truspieëltjie hoe haar broer deur sy kuif vee. Sy bid vinnig dat iemand hom moet oplaai. Later maak sy 'n u-draai en soek na hom, maar hy is weg.

Ma bel twee dae later. Delores moet kom kook. Haar broer is nie kwaad nie. Hy het haar brief en blomme gekry en is nog lief vir haar. Hy het haar vriendin en haar kinders oorgenooi.

Delores gaan sit voor die spieël en sny haar hare. Sy maak twee lang vlegsels en knip dit met die skerp skêr af. Dan kleur sy haar kop met orange glow en huil toe sy vir haarself in die badkamerspieël kyk.

Delores lees dat die slagoffer van verkragting gereeld die kans gegun moet word om oor die voorval te praat. Maar sy kan dit nie oor haar lippe kry om vir Ma uit te vra oor die rape nie. Presies hoe dit gebeur het. Hoe dit gevóél het.

Ma slof deur die huis en almal is bang vir haar. Dis asof sy al haar pyn op haar tongpunt versamel het. Maak sy haar mond oop, deurboor die punt van 'n swaard iemand se hart.

Delores maak soet tee met ys en haar broer speel Bob Dylan. Hy sing *She aches like a woman, but she breaks just like a little girl.* Delores voel asof sý gaan breek. Sy stoot haar broer voor die hi-fi weg en speel haar beste Janis Joplin-songs. Sy huil en kreun en skel met 'n teelepel as mikrofoon. Sy bid hard saam met O*h, Lord, won't you buy me a Mercedes Benz. My friends all drive Porches, I must make amends.* Delores wórd Joplin en klim op die stoel. Janis skreeu vir Ma uit haar konsentrasie en Ma kom sit die hi-fi af.

Ma gaan stil aan met haar skryfwerk op die rekenaar. Delores wil met Ma praat, maar sy weet nie hoe nie. Daarom praat sy liewer oor orgasmes om haar siek nuuskierigheid weg te steek. Sy hang in Ma se studeerkamer rond en trek haar vinger oor die boeke se rûe.

Ek het gelees dat fikse, suksesvolle mense wonderlike orgasmes in gemeen het, sê sy vir haar broer.

Ma kyk gesteurd op. Delores voel dikwels Ma se irritasie aan wanneer Ma vir haar kyk.

Weet Ma dat ek presies sewe jaar laas 'n orgasme gehad het?

Ai, Delores, loer Ma vermanend oor haar bril.

Vra my broer, protesteer Delores. Om God te kan liefhê, moet jy *the little death* ervaar. In die hart van elke orgasme proe 'n mens 'n skeutjie dood, las sy oordrewe by.

Ma dink Delores is sonder skaamte.

God begryp seksualiteit, hou Delores vol. Hy het ons na sy beeld geskape. Seksdrang is 'n goddelike oorlewingsdrang. Eros versus Thanatos.

Haar broer sit sy bril op. Hy lees Ma se manuskrip. Dan kom Delores uiteindelik by die einde van die lang aanloop wat sy geneem het.

Daai mans wat Ma verkrag het. Sou mens kon praat van 'n misplaaste oorlewingsdrang? Dierlik, maar nie sonder sin nie?

Haar broer skop haar onder die tafel en Delores weet nie of sy te ver gegaan het nie. Met Ma weet Delores nooit.

Ma tik onverstoord voort. Sy werk aan haar jongste manuskrip. Sy skryf 'n boek oor die verband tussen die verlies aan vormgodsdiens en die voorkoms van depressie by die hedendaagse volwassene. Delores sien Ma wens sy wil huis toe gaan, want Ma maak asof sy haar nie meer in die studeerkamer raaksien nie.

Die aarde vul my met goddelike sensasies, sê Delores onder haar nuwe bos rooi hare uit. Seks en sjokolade, swembaddens en sweet, olywe, melk, aarbeie, perde en die tekstuur van modder, rammel sy senuagtig.

Ma is nie beïndruk nie. Sy's moeg vir die gepratery al óm en óm die koffiekoppie.

Delores, gaan kook of doen iets aan jou hare, sê Ma vir die mure.

Haar broer ignoreer haar ook. Hy lees Ma se manuskrip. Die voorvader trek sy skouers op. Hy hou self nie te veel van Ma nie, want sy lojaliteit lê by Delores.

Ma dra koudheid soos 'n familiewapen. Op 'n keer het sy teenoor Delores erken dat sy geen herinnering het van 'n eie ma wat haar troetel nie. Hoe is dit moontlik dat sy só in haar eie egosentrisme versink het dat sy nie besef dat ek óók nie hierdie herinnering koester nie? wonder Delores. Ma bêre haar warmte vir vreemdes. Dis veiliger. Sy raak byna nooit aan Delores nie. Dit laat haar altyd voel asof sy tekort skiet. Ma prys haar nie. Sy sien nie regtig vir Delores raak nie.

Jy moet jou skaduwee dophou, sê Ma. Jy gaan nog begin deurskyn van al die dink en min doen.

Ma loer na Delores en haar snaakse hare. Dis baie oranje.

Jou hare lyk soos wortelsop, sê Ma.

En Ma se hare is pers, snou Delores. Besef Ma dit? benadruk sy. Pers soos die ou tannies vir wie ons in die bus gelag het toe ek klein was.

Ma antwoord nie. Maar Delores sien dat Ma darem onseker aan haar hare vat.

My hare lyk soos vuur, sê Delores.

Sy stoot haar borste uit soos sy altyd doen as sy 'n statement wil maak. Daarmee irriteer sy Ma nog meer.

Dis my siel wat in vlamme deur my kopvel bars, verklaar sy en fladder haar oë. Delores strek haar arms hoog in die lug en waai met slap polsies. Ek gaan nog soos 'n feniks die blou lug in vlieg.

Haar broer kraai van die lag.

Die feniks kan nie vlieg nie, help Ma haar reg.

Die voorvader gaan lê met sy kop op Ma se sleutelbord. Hy lyk soos 'n vet vis. Sy vel glinster met waterdruppels. Hy is 'n robvis met vlerkvinne. Hy probeer Ma se vingers met sy lippe raakvang. Hy hap na die twee vingers waarmee sy tik.

Delores kan ook nie vlieg nie, tik hy op haar manuskrip. *Delores kan nie vlieg nie, want sy wag nog vir die bus.*

Later troos haar broer haar alleen in die kombuis. Hy sê Ma stoot soos kasterolie deur jou are. Sy suiwer. Ma is soos water wat klippers se skerp kante glad maak, sê hy. Die geskuur is net soveel die klip as die water se skuld. En jou hare lyk mooi. Jy lyk jonger, sê hy.

Delores antwoord nie dadelik nie. Sy krap driftig in die koskaste rond. Sy gaan koek bak. Sy blaai ywerig in Ma se kookboeke rond, klits eiers en sif meel. Haar broer wag geduldig. Sy sal wel uitbars. Hy steek sy vinger in die deeg en lek lepels af.

Ek verstaan nie, sê Delores uiteindelik. Ma se klapperkoek is die enigste klapperkoek wat tien eiers én likeur vat. Dis die duurste klapperkoek wat ek ken. En dis omtrent die enigste ding van Ma wat my aan die dink sit. Waar sou sy die resep gekry het? Waarom gebruik sy dít as sy altyd so suinig is met ander dinge. Jy weet, my enigste probleem is dat Ma nie ruimte laat vir die verbeelding nie. Dit sit my koud, mymer Delores.

Delores is bang dat Ma besmet is met die doodsvonnis.

Sy wonder of sy sonder Ma sal kan leef.

Ons het aarde toe gekom om dood te gaan, sê haar broer. Of hoe het jy dan gedink? Die lewe is 'n stadige sterfprosedure. Alles op aarde word gebore om dood te gaan. Ons is almal terminaal siek, sê hy. Wanneer iemand sterf, moet ons verheug wees omdat hy sy doel bereik het, glimlag hy asof hy met 'n kleuter praat.

Delores vryf stadig oor die teepot se boepens asof daar enige oomblik 'n djin kan verskyn. As daar 'n djin uitkom, weet ek wragtig nie waarvoor ek sal wens nie, dink sy. Vir die ewige lewe? Vir Ma se uitslag? Suid-Afrika sonder geweld?

Haar vriend, die jong dokter, het op die lughawe met sy emigrasietassie in sy hand vir haar gelag.

Jy is 'n tipiese Suid-Afrikaner wat eerder in jou bed vermoor sal word as om dit self op te maak.

Delores wonder nou nog waar hy dit gelees het. Medici het geen oorspronklike sê-goed of idees nie.

Dis omdat medics uit boeke met prentjies swot, glo sy.

Die jong dokter het persoonlik gebel met Ma se uitslag. Dit was positief. Ma se bloed is besmet met die MI-virus.

Onder die pasiënte wat vigs kry, is gay mans, ontvangers van bloedoortappings, heteroseksuele mans en vroue, gebruikers van binneaarse dwelms en pasgebore babas. Al wat hierdie groepe in gemeen het, is die teenwoordigheid van die MI-virus in hul bloed (lees Delores in *Insig*).

Die jong dokter wou nie graag die foon neersit nie. Hy wou nog gesels oor die traumatiese pad wat voorlê. Delores vermoed hy wil net verder oortuig word om sy tasse te pak. Sy gaan hom nie dié satisfaksie gee nie en knip hom kort. Formeel en hoflik.

Wat máák ons met Ma wat so baie slaap, vra Delores vir haar broer.

Ma sê slaap is die natuur se beste heling. Sy glo genoeg slaap en rou kos hou haar jonk. Ma slaap sonder ophou. Wanneer sy wakker word, glimlag sy en vra of die uitslag al gekom het. Ma se wêreld het net ruimte vir akademiese aangeleenthede. Sy kan haar nie uit hierdie roetine uitdans nie.

Oorlewing vereis die voortdurende aanpassing van interaksies met die omgewing (glo Delores vir Darwin).

Ma behoort haar roetine te verander. Ma moet leer om snoep te leef soos iemand wat min tyd het. Delores se hart is laf. Sy soek uitkoms by haar broer.

Ek is nie lus om vir Ma te sê sy moet nóú dinge aanpak nie. Dominees en mamma-se-blou-oog-seuns sê vir hulle ma's dat daar dalk nie meer tien jaar oorbly nie. Ek weet vir 'n feit dat een van jou vakke Bad News I & II was.

Haar broer antwoord nie. Hy staan hande in die sakke en leun met sy voorkop teen die muur. Delores woel haar kop speels tussen sy maag en die muur in. Sy skrik toe daar 'n traan op haar gesig val.

Sê nou ek konsentreer hard, vra Delores vir haar broer, is dit nie moontlik dat ek dalk net pfft kan verdwyn nie? Om myself soos 'n foton te verplaas.

Ma kom later help om die tafel te dek. Sy klap kasdeure en klingel die breekgoed. Delores se broer praat saggies met Ma in haar oor. Delores wonder of hulle hulle steeds verbeel dat hulle méér insig en wysheid as sy het.

Delores maak kos. Skaapfrikkadelle en rys. Naeltjies vir verwarring en 'n knypie neut vir hartseer. Origanum vir die dramatiese en skyfies suurlemoen vir vreugde. Sy praat met niemand terwyl sy kook nie.

Ek speel met God, sê Delores.

Sy meng die bestanddele met haar vingers en hande. Sy ruik en proe en smak haar lippe. Die wynbottel sak vinnig.

Mens moet effens dronk word terwyl jy kook, sê sy. Net om jou dankbaarheid te wys vir die aarde se oordaad.

Delores se vriendin bring die kinders saam. Sy is hulle peetma. Haar broer is oorstelp toe hy sien dat hulle nou jong volwassenes is. Toe hy weg is, was hulle kleuters. Ook die vriendin het hy vyftien jaar laas gesien.

Almal is stom geskok oor Delores se hare. Haar vriendin probeer die kommentaar uitstel deur senuagtig deur haar eie hare te vroetel terwyl sy grootoog ál om Delores loop. Die radikale verandering moet van alle kante betrag word. Haar seun skud sy kop treurig.

Jy moes nie! roep hy.

Haar dogter sê Delores lyk beter so.

Ek was gatvol vir al die knaende koeke, verdedig Delores. En hulle het *No more tangles* van die mark gehaal.

Haar broer rek sy oë vir Delores se vriendin. Hy soen haar hand speels met 'n Franse kus. Delores sien hoe haar vriendin se wange rooier raak. Sy stoot die kwetterende groep eetkamer toe. Delores haal Ma se beste wyn uit. Ma wil nie grimeer nie. Sy trek darem 'n kaftan aan en hang halfhartig houtkrale om haar nek.

Ma, kondig Delores aan, vanaand vier ons die beste jare wat voorlê.

Sê jy, lag Ma en slof tafel toe.

Delores se dogter bring 'n skildery wat sy vir haar ouma gemaak het.

Sy is 'n verbetering op my bloedlyn, sê Delores vir haar broer.

Delores sukkel om haar jaloesie weg te steek. Sy wou so graag die skildery self gehad het. Die skildery is van Delores en Ma saam in die bad. Ma se grys hare hang nat en yl oor haar skraal rug. Ma sit op haar knieë en Delores se bene hang weerskante oor die bad se rand. Hulle rook sigare. Delores se swart hare vul die hele bad. Delores lag.

Die skildery is 'n greep uit Ma se nagmerrie, sê sy.

Ma lewer geen kommentaar oor die skildery nie, behalwe om afwesig te noem dat die kind se kwaswerk volwasse is.

Delores skreeu soos sy lag.

Kyk, Ma, sê Delores, hier sien jy nou verbeelding in aksie. Die paspoort na die onbewuste. Om onsself te face is die heel toughste job. Dis hoekom God ons verbeelding gee. Omdat Hy so jammer is vir ons. Imagine nou ons twee saam in 'n bad. Ek was jou rug en jy kam my hare.

Ma glimlag en skud haar kop. Almal kyk vir haar. Sy weet hulle wil hoor wat sy dink. Almal lê 'n eier.

My vermoë om waar te neem het lankal my verbeelding hok geslaan, sê Ma as toegewing. Ek het my fantasieë lankal verloor.

Maar dan lag sy en almal lag gretig saam.

Haar vriendin en haar broer is opgeklits met mekaar. Haar ernstige broer wat so verknog is aan God en gebedsake. En haar vriendin wat so graag plas in die diepste poele van verlorenheid. Die twee behoort mekaar volmaak te kan aanvul, dink Delores. My broer kan haar voortdurend bekeer en sy sal kan gedy in sy sekerhede, sê Delores vir haar voorvader.

Delores dink haar vriendin sal eendag soos 'n stoof of 'n wiel net gedaan raak. Op. Dit pla haar. Sy het nie 'n Jesus-Boeddha-Allah-Mohammed-Krisna-Brahma-Heilige Gees of God wat haar met liefde aan haar broer kan knoop nie.

My broer moet dringend seks hê, sê Delores met haar kop in die yskas. Die probleem is, rol sy haar oë na die boonste rak, hy wil net met God verkeer. Maar hier is my vriendin dan nou beskikbaar, redeneer sy met die voorvader. Hy sit kruisbeen op die kombuistafel en tokkel sy kitaar. Maar my vriendin het lankal vir God oor die tuinmuur gegooi, sug sy voor die stoof. Dit gaan vir my broer 'n probleem wees in die bed.

Die voorvader sê dis waarom die vriendin leeg en verward voel. Hy sê sy het die euforie van liefde en intieme gemeenskap met God verloor. Hy tokkel deuntjies op sy kitaar en neurie woorde wat rym met liefde en skottelgoed en sjampoe.

Hy sing: *Sy minag God ... Sy minag haar medemens ... Delores se vriendin minag haarself ...*

Delores se vriendin kom help in die kombuis. Sy poeier haar neus in die blink van die ketel. Pluk fyntjies aan haar hare in die weerkaatsing van die oonddeur. Kla oor die haarkapster wat verbrou het. Sy meng in met die kosmakery en dring daarop aan om die sampioene en groenrissies te skil. Sy het voedselwetenskap bestudeer. Sy ken al die gevare wat verskillende kossoorte inhou en rits dit ongevraagd af. Sy weet hoe om te eet én maer te bly. Sy weet selfs hoe om kos te maak wat goed kan vries.

Jy moet versigtig met die room, jong. Stadig met die sout. Nee, Delores, jy kan nooit daardie glase gebruik nie!

Delores kan dit nie meer vat nie. Sy steek 'n sigaret aan. Sy blaas blou wolke rook na haar vriendin se nuwe kapsel.

Ek kry jou so bloody jammer, skud sy haar kop. Hoe voel dit daar binne? Shame man, jy's so verstrengel in al jou reëls. En niemand dwing jou eers daarin nie. Jy moet de moer in wees vir jouself. Die vet weet, om sampioene te wil skil.

Haar vriendin dink nie dat Delores vir haar kwaad is nie. Delores het lankal geleer dat sy mense kaalkop kan vertel wat sy dink, maar hulle glo altyd dat sy hulle terg. Haar vriendin lag en stamp haar met die heup uit die pad en trippel met die slaaibak na die eetkamer.

Die voorvader maak sy keel skoon en steek sy vinger in die lug. *Amen. Amen*, sing hy en gooi nog brandewyn in die warm heuningpot op die tafel. Die gaste proes terwyl hulle die heuningpotjies sluk.

Delores se vriendin sê dat sy vrouens wat nie hul mans geïnteresseerd kan hou nie, pateties vind. Mans is maklik, sê sy en loer na Delores se broer. Mens moet hulle komplimenteer met jou eie voorkoms. Dis 'n vrou se plig.

Lyk vir my jou vriendin het 'n narsistiese beheptheid met haar voorkoms, terg Delores se broer, maar hy het net oë vir die vriendin uit sy jeug. Delores se vriendin gloei rooierig in haar gesig van opwinding.

Op skool was die vriendin haar broer se meisie. Delores het dit lankal aanvaar dat haar vriendin eendag haar skoonsuster sou wees. Maar toe loop iets skeef. Haar broer het sy hart, sy siel en verstand aan iets meer verhewe verkoop. En dit was waarskynlik die bron van haar heel grootste smart. Die feit dat Delores se broer sewe jaar van haar jeug vermors het.

Om te dink, Delores, het sy dikwels geteem, dat ek my al die jare vir hom gespaar het. Sedert my ontluiking. Kan jy jou voorstel, Delores, hoe ontsettend my verlies moet wees?

Julle is 'n volmaakte paar, sê Delores vir haar broer. Albei so wanhopig dat dit eintlik snaaks is.

Hulle kyk haar onthuts aan.

Ja, vaar Delores verder uit. Jy, wys sy met haar mes na haar broer, is só sinies! En jy, mik Delores na haar vriendin, is altyd só depressief. Julle maak twee kante van die coin of despair.

Delores se dogter ignoreer haar sarkasme en beaam dat hulle 'n mooi paartjie maak.

Hulle tweetjies het saam CSV toe gegaan en die hele skool op die regte pad gehou, vertel Delores vir haar kinders. Die kinders lag ongelowig. Delores maak hulle stil.

Dis nog niks, sê sy. Hulle groepie het genuinely een wintersnag saam in 'n kring kersies opgesteek op die predikant se lawn as belofte om rein te bly tot hul huweliksnag.

Delores weet dit is die bitterste pil wat haar vriendin moes sluk. Dat sy dwarsdeur haar studentejare bly hoop het Delores se broer sou terugkom. Maar hy het met die biblioteek en sy professore getrou. Sy dae het versand in die skryf van lang artikels en die stig van belangrike verenigings. Delores se broer loer oor sy bril.

En jy, Delores, vra hy, is jy steeds so vol hoop?

Die voorvader haal 'n groen sakdoek uit sy sak en vee oor sy oë, oor sy gesig. Hy lyk so moeg. Hy trek sy sakdoek uit sy bosak. Meters en meters groen chiffon ryg hy soos 'n kulkunstenaar uit sy hart. Die voorvader draai hom om en om in die sagte groen chakra. Delores knip haar oë 'n paar keer om haar broer in fokus te kry. Hy glimlag effens om sy erns te versag.

Het jy al gedink hoe desperaat jou eie lewe is? Jy wat só hoop op die toekoms. My ou sus wat vashou aan die beter môres.

Hoop, my liewe Delores, praat die voorvader saam, is ook maar vir desperate mense. Wyse mense wéét reeds, sing-praat die voorvader. Hulle hoop nie meer nie, hulle dóén. En hy dans op gepunte tone met sy hartgroen chiffon.

Delores druk ’n groot frikkadel in haar mond.

Daar is van kleins af iets verkeerd met my ore. Wanneer ek kou, kan ek niks hoor nie. Ek dink my oorkanale lek binnetoe, kla sy oor die tafel.

Haar broer wag geduldig dat sy klaar sluk. Dan vervolg hy onverstoord dat dankbaarheid mens rus gee. As jy berusting ken, sê hy, is jy minder afhanklik van hoop. Jy moenie hartseer en verwarring met wanhoop verwar nie, preek hy.

Delores kou dat haar ore behoorlik toeslaan. Sy kou en kou totdat sy sien hoe haar broer se lippe stil raak.

’n Hele bottel wyn en hope nikotien gee Delores om middernag die moed om Ma te konfronteer oor die rape. Almal is erg ongemaklik. Delores se seun skop haar onder die tafel en haar dogter maak ’n snikgeluid. Delores se broer begin vervaard asbakke leegmaak. Daar is geen keer aan haar nie.

Hierdie familie moet altyd soos ’n bloedvint ryp gedruk word, verduidelik sy aan haar vriendin. Niemand praat ooit oor realities nie. Dis net woorde uit boeke wat hier welkom is. Dis bullshit man, raas sy met haar verbouereerde vriendin.

Almal swyg. Ma beduie vir Delores met ’n vinger voor haar lippe soos toe sy klein was. Delores skuif haar bord weg. Die kerse het laag gebrand. Party is al dood.

Ma, vertel presies wat gebeur het, soebat sy. Vertel presies. Ma móét tog daaroor praat. Almal krop op. Dis nie reg nie. Niemand praat nie.

Ma skuif haar stoel agteruit en sit die lig aan. Die kerslig word ingesluk deur Ma se eetkamerligte. Sy vee haar mond tydsaam af met die geel linneservet.

Jy is uiters persoonlik, sê sy vir Delores. Maar ek verstaan jou vrees en angs. Gestel jy gooi die vrot karkas van 'n dier in jou asblik en jy sit dit in die hoek van jou erf. Sou jy elke nou en dan die deksel lig net om te ruik of dit nog stink? Jy weet mos wat dit is en hoe dit ruik.

Jis, Ma, spot Delores. Wat sal Ma se vriende Freud en Jung daarvan sê. Wow, as ons al ons stinkbommetjies darem só kon laat disappear. In die hoek van die erf.

Dan raak Ma plotseling oorstelp. Sy gluur Delores aan en haar stem klink hol deur die groot eetkamer.Wat weet jy regtig van my lewe? En wat het dit buitendien met jou te doen?

Ma vou haar servet op en begin die borde bymekaar maak. Die voorvader staan langs die buffet met sy kamera. Hy hou sy hand voor sy oë. Delores byt op haar lip. Belaglikheid het sy grense, sê Delores en spring van die tafel af op.

Sy kyk in Ma se oë en herken niks daarin nie. Hulle deel nie dieselfde dinge nie. Hulle verstaan nie mekaar se taal nie. Die oomblik stol in die totale onbegrip wat tussen hulle lê.

Sulke tye kry Delores die gevoel dat Ma se geleerdheid haar nie slimmer maak nie. Mens moet emosies kan deel. Pyn, glo Delores, is die groot gelykmaker. Ma wys nooit dat sy seer het nie. Sy leef verby alle leed. Sy ontken die bestaan daarvan. Sy glo dis 'n denkfout. Selfs al hou sy daarvan om oor ander se swaarkry te gesels.

Delores draai na haar dogter wat hartstogtelik snik. Sy voel ouer as oer.

Wat ek wel weet, sê sy vir die verskrikte groep om die tafel, is dat Ma niks gevoel het nie. Delores kyk Ma in die oë terwyl sy die storie langsaam vertel.

Ma, die ateïs, het 'n engel gesien. Vra haar maar, sy het my self gesê. 'n Engel met violet vlerke. Hy het in die deur kom staan terwyl die mans haar verkrag het. Toe, vra haar, sy het self erken dat sy 'n out of body experience gehad het. Vra haar, por Delores. Ma het eenkant op 'n stoel gesit en met die engel gesels terwyl die mans met haar lyf besig was. Sy sê sy het niks gevoel nie. Sy kan nie onthou waaroor die engel met haar gesels het nie, nè, Ma? Sy weet net hy was baie nice. Sy het vir my gesê sy het gesien hoe die mans met haar liggaam mors, maar sy was nie eens jammer daaroor nie. Dit was soos 'n stuk klere waarmee honde onder die wasgoedlyn speel. Sy het dit alles daai oggend vir my vertel toe sy in die bad sit.

Ma stap sonder 'n woord met die stapel borde na die kombuis.

Dan gaan Delores wankelrig voort. Wys jou net, dit was Ma se wilsmanifestasie om te oorleef. Haar ektoplasma is ook maar losserig soos myne. Sy lag verlig en verleë.

Die groep staar Delores oorbluf aan. Haar seun vlug agter sy ouma aan en haar dogter kom kruip onder Delores se blad in. Sy snuif die reuk van haar kind se hare diep in.

Om te lewe is tog ál wat uiteindelik tel, soek Delores witvoetjie. Dis die enigste kans wat mens het. As die dood kom, is die tyd om te leer en te ervaar verby. Ek verstaan nie hoe 'n mens jouself enige experience kan ontsê nie. En dan noem julle julleself nogal sielkundiges, haal sy haar frustrasies op haar broer uit.

Delores is nou 'n pratende senuwee. Hulle kan my in hierdie donker land met aids besmet, my oë uitsteek, my bene afkap, maar gee my net my lewe. Shit, spaar net dít, triomfeer Delores in haar monoloog.

Delores se vriendin konsentreer op die fyner nuanses sodat sy niks uitlaat wanneer sy dit later oorvertel nie.

12

Delores se geliefde vlieg Kaap toe om Ma te sien. Hy groet haar broer, hy groet haar pa. Hy eet saam met die kinders en stuur vir haar 'n verwer vir haar huis. Maar hy bel haar nie.

Kom, sê Delores vir haar kinders. Ons gaan eet saam by die beste plek wat julle pa kan bekostig.

Delores se geliefde betaal steeds onderhoud. Hy hou ook haar kredietkaart uit die rooi. Hy het baie geld. Hy is 'n suksesvolle fotograaf en sakeman. Dis waarom sy nie werk nie, sê Delores. My geliefde het my ambisie afgekoop.

Ons gaan opdress vir ete, sê Delores. Eers hoede maak uit papier. Kokhoede wat styf en wit in die lug staan. En wit hemde en broeke met voorskote. Vanaand is ons kokke.

Haar dogter werk die hele middag aan die hoede. Hulle lyk goed. Die voorvader knik vir Delores toe sy met haar kokgewaad in die gang afdans.

Hulle gaan eet op Dirk-se-Dak in Melkbos. Dirk van Dirk-se-Dak lag toe hy hulle sien en bied vir hulle werk in die kombuis aan.

Daar is vier mans wat kitaar speel. Ou, gryskop mans. Hulle hou hul kitare met deernis vas. Die maer een pluk-pluk so sag. Die lange buig ver vooroor en sy hare hang tussen die snare. Die kitaarspelers streel oor die snare, hulle oë is toe om te luister wat die kitare sê.

Ek wil graag 'n kitaar wees, sê Delores dromerig. In die hande van 'n ou man, want ek is moeg, sê sy. Een wat reeds sy testosteroon verwerk het, sê Delores.

Ná 'n ruk is Delores spyt dat hulle nie soos sigeuners

aangetrek het nie. Dan kon ons saam met die kitare dans, sê sy vir haar dogter. Die mense kyk nie vir die kitaarspelers nie, hulle wonder waarom die kokke nie in die kombuis is nie.

Ek dress op sodat mense núút na die wêreld kan kyk, sê Delores vir Dirk van Dirk-se-Dak as hy so lag vir haar en haar dogter. Dit maak my gelukkig om mense se wind uit hulle seile te neem. Om roetines en reëls te verbreek.

Die gaste in die restaurant verkyk hulle aan Delores en haar dogter, maar sodra Delores vir hulle waai of knik, maak hulle asof hulle haar nie sien nie.

Laataand is daar min mense oor. Delores en haar dogter het klaar geëet. Hulle wag nog vir haar seun van Stellenbosch. Hy is traag om sy sosiale rooster by Delores aan te pas. Hy weet sy wil met hom oor haar geliefde praat.

Hy bring 'n meisie saam. Delores steur haar nie aan die meisie nie. As hy 'n gehoor saambring, wil hy seker hê die gehoor moet deel in sy geheime. Delores wil sy hartseer uitvee. Sy praat oor vaderskap wat op die ou einde niks met bloed te make het nie. Sy lok die meisie uit om saam te stem dat seksualiteit eintlik niks met menswees te make het nie.

Ma sê gereeld vir Delores dat haar kleinseun die grootste verlies op aarde gely het. Ma glo dat hy te intelligent is om Delores se geliefde as vaderfiguur te aanvaar. Hy treur oor sy eie pa, sê Ma en sy laat vir Delores skuldig voel omdat sy nie met sekerheid kan sê wie die seun se pa is nie.

Dit was so 'n tyd van abundance, verskoon Delores haarself altyd.

Hy wil asseblief tog net nie meer saam met sy suster by haar pa gaan kuier in Pretoria nie, sê Delores se seun. En hy sê hy is jammer dat hy nie meer vir haar kan doen nie.

Ek soek nie my eie pa nie, sê hy. Ek het jóú bloed waarop ek kan terugval. Ek haat hierdie substitutes wat almal vir my aanbied. Ek is okay, Delores. Hou tog op worry. Ek is twintig jaar oud, en ek cope met capital letters. Ek wil ook nie verder hieroor karring nie, sluit hy die gesprek beslis af.

Delores glo dat dit sy ouma se invloed is. Ma hou nie daarvan om te praat nie. Dis iets wat sy vir haar pasiënte reserveer.

Jy verkwis te veel energie met die wrokke wat jy so troetel. Shame, man, jou arme siel sal nooit hoër as die plafon kan reik nie, sê Delores vir hom.

Sy ignoreer die meisie wat doodstil langs hom sit. Sy leun oor na hom en vryf oor sy been.

As jy soveel benoude water in jou liggaam ronddra kan daar nooit varses invloei nie, sug Delores sag vir haar seun.

Sy ril om hom te wys hoe benoud sy liggaamsvog al is van al die ínhou.

Die seun is welsprekend. Hy kyk na sy ma met haar skewe kokhoed en skud sy kop. Goodness, Delores, wat moet ek dan met my frustrasies maak? As ek dit nie eers in my hart mag stoor nie. Waar dan? eis hy.

Dis een van die heelal se geheime, antwoord Delores. Sy trek haar skouers op. Daar is nie 'n plek waar bitterheid veilig is nie, my lam.

Die meisie draai haar kop heen en weer. Sy knik en glimlag en maak geluide om te bevestig dat sy nog deel van die gesprek is. Een ding weet ek, sê Delores, en dit is dat haat soos bitterboelas die grond brak maak. Niks groei ooit verder waar hulle rank nie.

Die voorvader kom by die deur ingestap. Hy hou 'n lanterntjie omhoog. Hy dra 'n jesuskleed van pers gekleurde linne en kom staan kaalvoet langs hulle tafel. Op sy bors is 'n plastiese hart vasgespeld. Die hart het

’n batteryliggie wat aan en af flits soos Kersboomliggies.

Liefde en haat loop altyd hand-aan-hand, sê hy. In elke liefdesdaad skuil die potensiaal van haat. Omdat liefde so weerloos is, sê hy, verander dit so maklik in haat. Delores kyk diep in sy oë.

Jy lyk soos Jesus, sê sy vir haar voorvader.

Die meisietjie is ’n ou mooi dingetjie. Delores geniet dit om te sien hoe sy telkens haar lippie tuit en haar seun troos met ’n *don’t worry, baby.* En hy laat hom daarin toevou. Ná elke *baby* uit haar mond sien Delores hoe hy ’n baba word vir sy meisie. Hulle raak vryerig en Delores verwilder hulle. Later sien sy hulle in die vensterbank vry. Op die kussings in die maanlig.

Jou broer is geregtig op sy eie pyn en benoude water, skinder sy by haar dogter, maar ek wens hy wou glo dat sy pyn hom sal stroop tot net die nerwe oorbly.

Delores loer na die kitaarspelers. Het jy geweet dat ek die vermoë het om ’n man op my tong te proe wanneer hy by my verbystap, vra sy vir haar dogter sonder om haar oë ’n oomblik van die grys mans te laat wegdwaal. Ek snuif sy reuk diep in my longe en dan kom lê sy vel op my tong. Ek is só gebore, spog Delores. Skelm proe ek sy sout of sy soet of soms sy tabak.

Is dit normaal? proes haar dogter.

Die nag neem sy loop. Delores gesels met die kinders en luister na die kitare. Sy drink baie wyn en rook sigare saam met haar seun. Die fosfor blink op Melkbos se branders en die wind kom stadig op. Dis nog net Delores en haar kinders wat saam met die kitaarspelers kuier. Die deure is lankal gesluit. Die kitaarspelers wil nie huis toe gaan nie. Hulle gesels met Delores en lag vir Dirk van Dirk-se-Dak se grappe. Diep in die nag speel hulle etniese musiek en Dirk van Dirk-se-Dak gee vir Delores en haar kinders elkeen ’n trom. Hulle rittel ritmies tot die son en die maan albei op Melkbos se horison lê. Delores lag gul en nooi die kitaarspelers om saam te dans. Hulle dans die masurka op die swaar toonbank. Haar seun lag dawerend en klap hande. Hy het sy ma se kokhoed opgesit en swaai 'n vleismes soos 'n swaard bó sy kop. Sy meisie het 'n tafeldoek om haar heupe gedrapeer en trap-trap al om hom. Dirk van Dirk-se-Dak trek Delores aan haar arms by die toonbank op.

Wanneer Delores dans word sy die vrougod met bosinnelike kennis. Die dans word haar bron van vreugde.

Emosies is 'n sucker vir die kuns wat in beweging lê, leer Delores haar kinders. Ons bewe, ons roer en ons gaan dood sodra ons ophou beweeg. Dans loop langs verbeelding, passion en asem.

O, sug Delores met haar arms in die lug, die dans dra uiteindelik alles.

Dirk van Dirk-se-Dak maak vir hulle ontbyt. Die seun en sy meisie moet laat spaander om betyds te wees vir klas op Stellenbosch. Hulle oë is rooi, maar hulle harte is lig. Die oggend is vars. Die see lê pienk-en-bababloù en die ontbyteters se gemoedere is hoog. Delores kyk ver verby die honger meeue.

Delores se dogter krap haar spek heen en weer op haar bord. Almal is vrolik. Die nag was vol diep gesprekke, maar sy het nog 'n laaste punt op haar agenda. Sy soek na woorde om haar ma te oortuig dat sy haar pa weer 'n kans moet te gee. Die kitaarspelers knik instemmend. Hulle het deur die nag heelwat van Delores se geliefde gehoor. Hulle speel vir haar 'n lied oor tyd wat alles verander en skerp hoeke rond maak. Julle klink na twee nice mense, mymer die kitaarspelers. Julle verdien mekaar.

Nee, sê Delores, toe die eerste mense begin werk toe ry. Niemand kon soveel murg uit bene suig soos ek toe ek jonk was nie. Maar nou is ek doodeenvoudig te vet.

Te lui, te wys en te gemaklik. Dalk van al die murg? Ek is te vet en te versadig om my geliefde te face. Maar oor drie maande sug sy, oor drie maande lyk dinge dalk anders. Miskien kan ons mekaar beter hoor omdat daar nou nie meer soveel druk op mens is om voort te plant nie, sê Delores. Ek weet, sê sy met 'n knik vir haar dogter, dat ek en my geliefde nog baie walsies het om te wals.

Haar dogter glo haar. Delores weet, want sy is 'n Indigo-kind. Sy kan auras lees en fortuin vertel. Delores het 'n vreemde begrip vir dinge wat bo-aards is.

Die voorvader weet sy gaan op astrale togte waarvan sy vir almal vertel. Sy dwing jou om te luister. Nie almal glo haar nie. Maar niemand erken ooit teenoor haar dat hulle haar nié glo nie. Mense is maar versigtig vir Delores. Oor sy nie bang is nie.

Mense wat hulle vrees verloor het, word deur die samelewing verstoot, sê sy vir haar dogter. My grootste probleem is nie dat ek my vrees vir mense verloor het nie, maar om dit vir hulle weg te steek.

Die voorvader sê liefde en vrees is die belangrikste kragte in die kosmos. Dis die enigste twee wat tel, sê hy. Delores dink dat sy meestal aan die kortste end trek. Mense vrees my manier van lewe méér as wat hulle dapper genoeg is om my lief te hê.

Sy is astraal getrain om haar solar plexus te gebruik, sê haar voorvader. Sy kan leviteer ook.

Dis waarom Delores aan die wonderwerk van lewe vasklou. Sy is gemáák vir die aarde. Haar liggaam is van die heel beste sterrestof geskape en haar gees is wyd soos 'n oseaan.

My lyf kan ongelooflik baie vat, sê sy. Haar gewig wissel tussen winters soms met tot tien kilogram. As sy swaarkry, word sy maer. As dit goed gaan, tel sy op. Sy verstom haar aan haar kaal spieëlbeeld langs haar bad.

Borste kom en gaan. Boude rek en krimp. Met swangerskappe was haar maag so wyd dat haar naeltjie na buite gepeul het. En as sy haar oë uitvee, het die kind al die opgebergde vet deur haar borste uitgesuig.

Ek staan totaal sprakeloos voor die beginsel van lewe. Ek hou die volmaakte realiteit in my kop, sê sy. Niks kan dit vernietig nie. Nie eers tyd nie. Hoe langer ek leef, hoe groter is my insig. Ek is die skepper van wonderlike wêrelde.

Soms vrees ek dat ek die duisende vrae in my kop sal verloor. Of selfs net een sal vergeet. Sonder vrae kry jy tog nooit 'n antwoord nie. En dan is 'n mens in jou moer in, sê sy.

Amazing om mens te wees op God se aarde, sê Delores.

13

Dis feestyd, gil Delores vir haar seun oor die foon. Kom saam, smeek sy. Kom eet, nooi sy. Bring jou nuwe liefde saam. Ek wil haar leer ken, sê Delores.

Sy vroetel heeldag in die kombuis. Sy maak liefdeskos. Sy dek die tafel met damas, silwerlepels en fyn kristalkandelare. Strooi sagte blomblare tussen die borde. Hy kom sonder die meisie.

Iemand het haar afgevry, sug hy.

Haar groot, sterk seun. Sy voer hom fyn kossies. Sy speel haar strelendste musiek. Hy sug weer dat hy nie weet hoe om sy nette te span nie.

Niemand het my nog geleer hoe om vrouens te betower nie, kla hy.

Wat sê jou regte-egte pa? Hoekom bel jy hom nie, vra Delores.

Ek het, antwoord haar seun. My regte-egte pa sê hy sal vir my 'n prostituut reël en vir my 'n kar koop. Hy is baie geheimsinnig oor vrouens. Ek dink my regte-egte pa verstaan julle ook nie lekker nie.

Jy is gelukkig, sê Delores. Oor die kar. Watse kar gaan hy vir jou koop?

'n Triumph, sê die seun. Ons twee gaan op 'n trip. Volgende maand. Hy het my paspoort kom haal en die hele nag gekuier. Ons het lekker gesels. Baie wyn gedrink. Hy wou nie ry nie.

En? vra Delores. Waaroor gesels jy en jou regte-egte pa nogal so lekker?

Oor jou, lag die seun, want hulle albei weet daar is nie 'n regte-egte pa nie en daar is nie 'n kar of 'n prostituut of 'n paspoort nie. Daar is net Delores wat sy droompa vir hom lewend hou. Hulle twee ken die speletjie goed. Sy regte-egte pa bel hom wanneer hy verjaar, skryf vir hom briefies en stuur boodskappe met Delores.

Hy bly in jou kop, het Delores hom oortuig toe hy 'n seuntjie was. Jou regte-egte pa sit in jou bloed en in jou brein en in jou DNS. Hy kan nooit ontsnap nie. Kyk diep in jou eie oë, dan sien jy hom.

As jy die mooie meisie wil hê, probeer Delores prakties wees, het jy méér as instink nodig. 'n Mens laat nooit te veel aan instink oor nie, steek sy haar neus in sy sake.

Delores gee hom 'n klein Kama Sutra wat in leer gebind is. Dis 'n erfstuk, vermaan sy. Dit was duur. Onthou: 'n meisie moet wéét dat jy haar bemin.

Sy laat hom op die mat lê en wys hom hoe om 'n vrou se voete te masseer. In klein sirkeltjies om die enkels, oor en om die kuite. Stop by die knieë, sê sy. Hou altyd 'n goeie olie in jou kamer, in jou kar, sê Delores en maak haar oë groot. Gaan elke keer terug na die voete en stop by die knieë. En moet dit nie eens waag as jy sien sy het vergeet om beenhare te skeer nie. Maar as daai bene glad is, is dit o so 'n goeie teken.

En as die bene nie glad is nie, vra hy versigtig na die tekens.

Dan, antwoord Delores, is dit een van drie dinge. Of jy het haar verras, óf sy is 'n gevaarlike feminis, óf sy stel ongelukkig nie in jou belang nie.

As haar bene glad is en ek vermoed sy is geïnteresseerd, en ek wil nie by die knieë stop nie, protesteer hy kamma, wat maak ek dan?

O, maar sý wil ook nie hê jy moet nie, troos Delores. Dit is hoe die mating game werk. Jy stop by die knieë totdat sy duidelik wys dat sy dit nie meer kan verduur nie. As sy haar selfbeeld werd is, sal sy self jou hande verder lei. Onthou, waarsku Delores, in die liefdespel is timing van uiterste belang. Jy moet wag tot sy wink.

No shit, giggel haar seun en skop haar speels van die mat af.

Toe hy haar by die deur groet, fluister Delores vir oulaas in sy oor die drie reëls van 'n vrou se hart. Hou haar baie vas, moenie lieg nie en bel as jy laat is.

Een maal per jaar ry Delores 'n wye draai deur die Karoo. Die afgelope paar jaar al rendezvous sy met haar verlede op die Klein Karoo se kunstefees. Tyd om die siel skoon te maak. Sy was haar frustrasies in wyn en laatnaggesprekke met goeie vriende. Sort mekaar se lewens uit, lag en terg mekaar oor die jaar se lomp oorlewingspogings.

Delores ry langpad deur Oudtshoorn om Nieu-Bethesda te sien. Elke jaar dié wye draai om in die huis te slaap wat haar geliefde vir hulle gekoop het. Sy ry graag alleen. Verby Montagu met die voorvader wat soos David Kramer voor in die pad afdraf en die skewe berge in sy song vasmaak en vir Delores ruil vir 'n ou skaapkop. Hy het volstruisvere in sy hoed en sy tone steek by die vellies uit. Verby Oudtshoorn en De Rust om nuut op Nieu-Bethesda te begin. Daar wag sy elke jaar geduldig vir die paar Gautengers. In dié huis wat sy en haar geliefde nooit meer saam gebruik nie.

Delores verloor haar in die droë landskap. Haar swart MG-tjie sing tussen die klippe. Die voorvader dra vir haar gedigte van Boerneef voor. Hulle sing Amanda Strydom se *Vuisvoos, maar gefokus,* oor en oor totdat hulle die uitdraai na die Uilehuis voor hulle sien.

Toe sy op haar alleenste was, het haar vriendin vir Delores 'n boek oor Helen Maartens se lewe gegee. Jy weet wat, sê Delores in die truspieël vir die voorvader, Helen Maartens se desperaatheid het my my gat laat afskrik. Ek focus van toe af tot nou. Ek kry dit nie reg om op te hou focus nie.

Toe die voorvader vra waarop sy nou fokus, sê sy: ek focus op my rou. Ek rou omdat ek nie meer vir ewig en altyd en altyd wil leef nie. Soos toe ek klein was. Maar moenie worry nie, sus sy die voorvader. My rou is nie meer rooi nie. Ek rou nou in grysblou. Tussen my oë. My rou is teer, wyd en vol insig.

Wonder hy nie of haar geliefde ook oor haar wat Delores is rou nie? vis sy later by die voorvader. Behoort hartstog ná dertien jaar geblus te wees? Is hartstog net vurige liefde of is dit ook 'n vurige behoefte? Is dit 'n wanhoop of 'n hoop? vra sy. Maar die voorvader is sat van geliefde-praatjies met elke jaar se trip. Hy is lus vir feesvier. Hy fluit *auld lange syne* op sy oranje blokfluit en tuur deur die venster.

Op Nieu-Bethesda besoek Delores klokslag die begraafplaas. Elke jaar bekyk sy die rye grys grafstene. Om my rebelsheid tot berusting te temper, sê sy en stap langsaam verby al die ou grafte. Sy lees die grafskrifte en lag soms, maar by haar favourites raak sy 'n bietjie verdrietig.

By haar geliefde se graf gaan sy sit. Die aarde is vir ewig, dink Delores. Die aarde bewaar alles diep en donker. My geliefde is in die aarde. Hier rus my lief, sê Delores vir die bome. Hier hou sy spore op.

Die klooster se klokke lui sag. Daar is duiwe teen die lug. Bekende geure. Maar Delores is ver van die gerusstellende troos van haar voorvader se kamera. Sy gaan lê teen die kaal marmer van die blad. Delores trek haar skoene uit. Sy klim versigtig op die marmerblad en skuifelvoet in 'n dans in. Sy sprei haar arms en wieg stadig. Skadu's dra haar teen die heuwel op. Delores sug. Sy hoor die klonkies lag.

Hier is die graf wat sy vir haar geliefde laat maak het.

Die marmerblad en grafskrif het sy oor ses maande afbetaal. In hoekige grafsteenletters: *Hier eindig hy. Hier begin ek.* Geen datums vir begin en einde. Die voorvader was saam toe sy die steen bestel het.

Soms as sy effens getrek is, giggel Delores sonder ophou oor die grafsteen en verkneukel sy en haar vriende hulle oor wat die dorp moet dink.

Liefde, het Delores geglo, is iets wat mens spontaan vir jouself toe-eien. Delores het vroeg geleer dat die frustrasies van gatkruip om te oortuig dat jy liefbaarder is as ander, nooit werk nie. Desperate dapperheid. Dis wat die voorvader haar verdedigingsmeganisme noem.

Ek leef vreemd en sonder goedkeuring. Ongebonde. Ek vlieg. Ek is 'n arend, kyk.

Ma glo vir Delores as sy die gang afdans. Delores het niemand nodig nie. Delores is oulik en sy laat mens lag, maar sy is sterk.

Ek verkies die pyn van liefhê honderdvoudig bó die sekuriteit van liefde ontvang, basuin Delores aan almal wat wil hoor. Asof liefhê eventually 'n vrug sal dra. Asof sy só 'n stille oes vir haarself wil verseker.

Toe haar geliefde op Delores se kim verskyn, was haar wêreld volmaak. Hy kon 'n bult uitdans met 'n bondel wasgoed en 'n kind op sy skouers. Hy kon 'n vaatjie Tassies afsluk sonder om óm te dop. Hy kon deurnag fuif en die volgende dag 'n toets cum. Hy wat gestuur is deur die toevalligheid. Die God wat jou net af en toe onder die mistieke gordyn laat inloer om te bevestig dat jy nou alles presies reg doen. Haar minnaar. Sommer so uit 'n toolbox uit.

Hy kon 'n partytjie binneswier soos 'n wafferse Jood met 'n hoender in die bank.

Ek was so jonk en so mooi, sê Delores vir die voorvader. Hy kon sy oë nie van my afhou nie. *Ek was jonk en ek was mooi,* sing Delores oor en oor. *Ek w-a-s jonk en ek w-a-s m-o-o-o-i!*

Die voorvader druk haar kop teen sy skouer vas. Hy dra vir haar voor uit Dante. Hy herhaal die woorde oor en oor totdat sy dit self by hom oorneem en met haar arms uitgestrek vloei saam met die versreëls:

The time that every star shines down on us
When love appeared to me so suddenly
That I still shudder at the memory

Delores is lekker geklap. Sy sit in die enigste kroegie op Nieu-Bethesda en gesels met die kroegman en twee nuuskierige boere uit die kontrei. Hulle verkyk hulle aan die vreemde stadsvrou wat so baie wyn kan wegsit en so vreemd kan praat. Hoe vinniger die glase leeg raak, hoe beter raak Delores se woordeskat. Haar vriende sê dis omdat sy dan nie meer kan konsentreer nie. Dan vergeet sy om haar ma te irriteer. Die boere word 'n toegewyde gehoor. Delores is in dronk vervoering.

Hy was die verpersoonliking van my in 'n manlike liggaam en ek was my geliefde in 'n vroulike gestalte. Ons was die aarde en reën, sê Delores vir die boere wat saamstem met elke woord wat sy uiter. Ons was die reënboog. Die boere klink 'n glasie op die reënboog.

By hom kon ek nie onderskei tussen my eie en sy behoeftes nie. Saam was ons een volmaakte liggaam. Die boere knik vir mekaar. Hulle weet van één volmaakte liggaam.

Ons kinders is die helde uit 'n androgene huwelik. 'n Verbintenis tussen die linker- en regterbrein. Volmaak en androgien. Nou verloor sy die boere effens. Die kroegman kug en trek sy een wenkbrou op. Hy skink vir haar nog 'n glasie sjerrie sonder dat sy vra. Hy poets afgetrokke sy eie glas blink en probeer gewyd lyk.

Ons het mekaar se spasie volkome gevul, sug Delores.

Ek weet hoe dit is om lief te hê dat dit mens soos koors bekruip. Om so weerloos te wees teen jou eie diep verlange dat trots die wyk neem voor die groot honger. Die mooi vrou se wye woorde laat die boere smelt. Hulle weet nie wat hulle kan doen om haar dilemma te laat verdwyn nie.

Die voorvader probeer verduidelik dat vreeslose blootstelling aan die pyn van moontlike verlies salwend is. Maar die boere hoor hom nie. Hulle vertel vir Delores grappe oor moffies om die ongemak van haar onthullings vir hulleself draagliker te maak. Hulle ken die grafsteen op Nieu-Bethesda waar niemand begrawe is nie. Hulle ken al die vreemde stories wat die mense op die dorp te vertelle het oor die vrou en die grafsteen, maar die oomblik is te groot om tromp-op met die waarheid gekonfronteer te word.

En dit alles, sê Delores, vir die ekstase van vervulling. Vir die geluksaligheid wat lê in die aanraking van 'n geliefde.

Ek weet vir 'n feit God was jaloers op my en my geliefde. Kyk wat het Hy met arme Abraham en Isak gedoen, sê Delores vir die boere. Weet jy wat is die grootste grap? vra sy. Dat ek ná al die jare steeds nie weet waarop God jaloers was nie.

En nou het die Vraat elke bietjie liefde in my siel opgebruik. Sy sit haar hande op haar knieë, buig na die kamera en pruil soos 'n wafferse Marilyn Monroe.

Ek vertrou nie 'n God wat my met passie seën en my dan die geleentheid ontneem nie. Dis verraad.

Delores eet langtand aan die bakkie sop wat die kroegman voor haar neersit. Sy merk op dat die kroeg nou leeg is.

Dit het alles gebeur voordat ek geweet het dat mens stadigaan minder sensitief raak vir pyn, sê Delores vir die kroegman toe hulle die deure sluit.

Op Oudtshoorn bel Delores haar vriende op die sel. Sel tot sel, sê Delores. Is die band hier? Die koshuisgange bewe van middeljarige uitspattigheid. Dis vreesaanjaend, sug haar dogter. Die kinders het die vorige aand aangekom. Hulle deel 'n kamer.

Delores rook 'n skelm sigaret saam met hulle en luister na hulle jeugdige menings. Haar seun het sy eie band wat hulle debuut gaan maak. Hy is opgewonde en gaan soos 'n maltrap te kere. Hy sing baldadig sy eie verwerking van *Cabaret* deur die koshuis se gange en glimlag sjarmant vir verbygangers. *Meinen Damen und Herren, madame und monsieur, ladies and gentlemen,* skerts hy. Hy maak rymlirieke van Delores en haar vriendinne se name. Die mense loer by hulle kamerdeure uit en klap vir hom hande. Delores byt op haar lip en dink vir 'n oomblik hoe amper hy as fetus in 'n asblik beland het.

Vir julle sal ek ongerief verduur, verseker Delores haar vriendinne. Hulle is tieners uit die jare sewentig. Die dekade van rigiditeit en paniese pogings om die hippiekultuur se skade te herstel. Delores en haar vriendinne dink terug aan die dekade van die identiteitsloses. Hulle het almal halsstarrig bly vasklou aan die wines and roses van die jare sestig. Hulle eet baie oesters en drink vonkelwyn. Die mans sien die vrolike vroue en wil vir hulle wyn koop. Delores is onbeskof. Sy wys vir hulle vingers. Haar vriendinne is teleurgesteld, maar hulle keer haar nie.

Ek hou nie van pushy mans nie, trek Delores haar gesig. Hulle soek net seks. Dis hulle penisse wat hulle so vorentoe rig.

Die gemiddelde mens het volgens wêreldwye statistieke een maal elke vyf dae seks (hoor Delores 'n disc jockey verkondig oor die radio).

Ná veertig het mens heeltemal te min seks, sug Delores. Haar vriendin gil plesierig dat sy namens haarself moet praat, maar Delores hou vol dat jy later intuïtief jou passie uit die eenvoudige oorvloed van die aarde moet put. Goeie kos, musiek en wyn. Jy weet, sê Delores, dis eintlik 'n voorreg om seks in te boet as jy daardeur 'n onderskeidende gees kan kweek. Dis tog logies, knik sy: alles waarvan jy ontslae raak, maak plek vir nuwe dinge.

Haar vriendinne is nie seker nie. Een skud haar kop goedkeurend. Sy weet al dat die troosprys soms groter is as eerste prys. Ek soek nie weer 'n minnaar nie, kondig Delores aan. Ek soek 'n fan.

Die vriendinne hap hulle kos en suig hulle sigarette. Hulle teug diep aan die wyn en stem nie heeltemal saam nie. Ek weet darem nie, sê Delores se vriendin. Ek hou van sweet en stoom tussen die lakens.

Soveel mans dink met hulle penisse dat dit 'n nagmerrie is om een te kry wat sy brein gebruik, sê Delores. En dan, las sy by, word dit jóú probleem om daardie penisbrein aan die dink te hou. Baie vermoeiend.

Aan die ander kant, sê die vriendin, is die voordeel dat 'n penisbrein vir altyd onder die pantoffelregering van sy eie wellus staan. Ai, voeg sy dromerig by en dank die vader vir professore uit Engeland wat op hul intellek vertrou.

Delores sien vlugtig haar geliefde se gesig.

Wetenskap het bewys dat mans en vrouens geskape is om tussen sestien en dertig maande verlief te wees. Verliefdheid is die toestand waarin die brein verkeer weens chemiese reaksies op die afskeiding van fenieletielamien en oksitosien. Hierdie chemikalieë is slegs in die liggaam teenwoordig tydens die vroeë fase van verliefdheid, gemiddeld vier en twintig maande. Net lank genoeg vir bevrugting en die baba se geboorte. Daarna word saamwees 'n gewoonte en is die chemikalieë nie meer in die liggaam teenwoordig nie (prof. Cindy Hazan, New York se Cornell Universiteit, lees Delores êrens).

Ek weet nie meer hoe ek oor seks voel nie, bely Delores. Sy erken dat sy deesdae dink saamblyery is net vir teeldoeleindes. Seks is so overrated, sug sy. Dis 'n battleground. Ek hou meer van die spel met sensuele seine. Om in parfuum te bad. Om eroties te voel sonder om paniekerig en sweterig aan iemand te klou. Ek is 'n gebore cockteaser, bieg sy. Ek hou van die voorspel, maar het geen behae in die ontploffende orgasme nie.

Die vriendinne gons hulle menings oor 'n warm bed. Oor passie en breins. Hulle praat heeltemal verby die show waarvoor hulle kaartjies het. Hulle mis die ete by die koshuis waarvoor hulle reeds betaal het. Hulle praat en praat en praat. Die oesterboer bring 'n nuwe voorraad oesters.

My geliefde het gesê vrouens behoort in die openbaar altyd oesters te eet en vonkelwyn te drink. Omdat dit so sexy is, giggel Delores. Sy sê haar geliefde koer oor die foon en noem haar patroontjie. Ek is sy patroontjie, sy waterblom, lag Delores oopbek.

Niemand rep 'n woord wanneer Delores oor haar geliefde praat nie. Haar vriendinne kyk stip na hulle borde. Delores weet hulle glo haar nie dat hy haar wil hê nie. Hulle dink dat haar geliefde net vir haar jammer is. Hulle kry haar self so bitter jammer. Dit maak haar kwaad. Sy sal vanaand die voorvader se video oor en oor rewind om elkeen van hulle se reaksies te bestudeer en die pyn te ervaar wat hul bejammering bring.

Solank as wat my geliefde vir my jammer is, sal ek

hom daarvoor laat betaal, sê Delores om die oomblik te red. Hy vergeet my nie, die mooie man. Hy kak en betaal. Ek maak sy kredietkaart leeg. Elke maand. En ná die twintigste vra ek nog. Dis ongelooflik hoe skuldig hy voel. Hy sê nooit nee nie. Ek toets sy grense. En shame, hy betaal.

Haar vriendinne skater vir Delores wat so oulik is. Delores wat dartel. Delores wat kort mette maak met.

Die shows laat Delores terugverlang na die verhoog. Sy byt op haar lip om nie te veel kritiek oor haar ou kollegas se spel te laat glip nie. Almal sal dink ek is jaloers, sê sy. Snags sit sy met haar teaterpals en bespreek die shows soos 'n kenner.

Ek het nie meer 'n rol nie, pruil Delores. Sy pink 'n traan in elke show weg en verklaar plegtig dat sy nie terugverlang na die verhoog nie. Dit was nie my calling nie, sê sy. Ek soek nog na my eintlike destiny, sug sy.

Haar vriende steur hulle nie aan haar ewige soeke nie. Haar vriendin stop 'n glas wyn in haar hand. Haar broer neem haar na 'n kunsuitstalling en preek met sy professorstem dat kunstenaars telkens voor die keuse gestel word om gehoor te gee aan die verheerliking van God in hulle kuns. Of nie. Hy stap vernaam van kunswerk tot kunswerk om aan haar die goed en kwaad uit te wys.

Haar dogter stem nie saam nie. Sy glo kuns is eenvoudig. Die werklikheid word deur die kunstenaar geïnterpreteer, sê haar dogter, en solank as wat daar interpretasie is, word die kunstenaar se siel geheilig.

Hulle praat Delores se kop vol gate.

Ek moet tevrede wees om my in die kuns van ander te verloor, verklaar Delores. Ek spring in skilderye rond soos Mary Poppins. Ek is die leestekens in ander se prosa. Ek is 'n waterdruppel wat afgly teen die stingel van plante op foto's. Ek is die haartjie op die akteur se hand. Ek is 'n wêreldling wat siek is van my liefde vir alles hier. Maar ek skep net momente in my eie kop. Ek is nie duursaam nie, kla sy.

Haar seun troos haar en sê dat sy net 'n late bloomer is.

Ek hoop met diepe erns dat ek 'n baie, baie late bloomer is, antwoord Delores. Sy bely op die sypaadjie dat haar grootste vrees in die autographboekie van haar skooldae verskuil sit. Soms, in die donker, haal ek die boekie uit die laai van die garagekas, vertel sy. Tussen die spanners bêre ek hom. Dan lees ek met die flits die stukkie Thomas Gray wat 'n onderwyser vir my in matriek geskryf het. Maar ek lees dit net een maal per jaar, want ek wil nie myself jinx nie.

Haar broer lag. Hy onthou nog die stukkie wat Delores so ontstel het. Ek gaan dit eendag op jou grafsteen skryf, terg hy. Hy wys met sy hand hoe die grafsteen gaan lyk.

Hier rus Delores: *full many a flower is born to blush unseen and waste its sweetness on the desert air.*

Woorde wat mens desperaat jou verjaarsdagdatum laat fake, sug Delores en vee die sweet van haar voorkop af.

My pa wou my so graag op die verhoog hê, vertel Delores. Hy het altyd gesê: Delores, Delores, jy is so mooi, my kind. You are the sunshine of my life, my kind, my sunshine, my oogappel-kind. Of hy vra: weet jy waarom jy so mooi is, my sunshine? God het jou mooi gemaak sodat mense na jou moet kyk, my appelkoos. Dis jou grootste gawe. Om móói te wees.

Kan jy dit glo, sug Delores. Om net mooi te wees. Nie Sarah Bernhardt te wees nie, nee wat, sommer net 'n beauty queen. Sy skud haar kop heftig. Se moer, man, sê Delores. Daarom dat ek toneelspeel stert tussen die bene gelos het. Al my rolle op stage was, soos Ma sê, om die dekor te verbeter. En die regisseurs se beddens warm te hou, voeg sy weerloos by.

Delores weet dat sy ook 'n calling het. Al wat my pootjie is die vrees dat ek werklik net mediocre is, sê sy. Liewer gemiddeld wees met die troos dat ek myself moet vind as wat ek my beperkings desperaat moet aanvaar.

My hart het veertien verdiepings, giggel Delores. Ek rangskik alles daar in alfabetiese volgorde van belangrikheid. Ek weet net nie mooi waar calling in die chronologiese katalogus pas nie.

Haar voorvader sug en reken dat sy ná veertig, soos die meeste mense, meer vergeetagtig sal word. Dan word alle verdiepings ewe belangrik. Miskien kry sy dan haar calling?

Miskien, antwoord Delores, is 'n calling net bedoel vir diegene wat bereid is om dinge wat hulle gekry het, terug te gee. Soos om jou calling te koop deur iets te ontbeer. Delores weet dat groot kunstenaars dikwels 'n groot prys vir hulle geroepenheid betaal. Frieda Kahlo moes met helse fisieke pyn leef. Marilyn Monroe het onvervuld gebly. Shame, kyk vir Van Gogh, Mozart, Jim Morrison. So 'n onbetaalbare prys vir uitnemendheid, sug Delores.

Die voorvader trek sy skouers op. Hy weet dat wanneer 'n mens ernstig na die stem van jou daimon sou luister, is dit vanselfsprekend dat jy sal streef na uitnemendheid. Na 'n hemelse gehalte. Daar moet 'n rede wees vir die presteerders se onvervuldheid, sê hy vir Delores. Dink mooi waarom roem en geld hulle nie kan versadig nie.

Miskien, sê Delores se vriendin, is dit beter om in die gemak van gemiddeldheid te leef. Sy lyk vanoggend soos 'n advertensie vir Queenspark. Sybloes, syserp, linnebroek en 'n goue belt. Die voorvader plak 'n sticker op haar handsak. Dit lees: *Buy me!* Delores lag, maar wil nie sê waaroor nie.

Delores se vriendin is baie spraaksaam, want sy sit styf onder die skouer van die geëerde professor uit die buiteland.

Jy moet jou oorgee aan die energie wat jou omring, sê sy. Dit bind ons saam, sê sy. Jy moet net leer om jou intuïsie te vertrou en te volg.

Die voorvader slaan bollemakiesie en gee 'n lang fluit. Hy lyk pragtig. Delores kyk dromerig na hom. Van kop tot tone in blou sequins wat in die son skitter. Dis 'n helende krag, fluister hy. Maar om dit te kan hoor, moet jy innerlike vrede hê.

Jy moet jou met liefde omring, Delores, sê haar broer. Die krag waarvan jou vriendin praat, is die universele krag van liefde.

Ja, fluister die voorvader, dan word jy 'n instrument vir die groot skepper. Dan praat jy in die universele taal wat God én kunstenaars begryp. Talent is om goddelike raaisels te verstaan.

Ai, lag Delores. Ek sal moet leer om minstens een van my talente in te span.

Later die middag maak sy 'n groot plakkaat. Sy verf daarop: MY TALENT IS 'N SWARE LAS WAT MY VERGIFTIG MET DIE POTENSIAAL DAARVAN.

Delores trek haar aan soos 'n pierrot. Sy gaan staan op die hoek by die fontein met die plakkaat op 'n stok in haar hand. Bewegingloos staan sy daar. Doodstil staar die mense haar aan. Sy kyk vir hulle en hulle kyk na haar en die plakkaat. Totdat sy moeg is en teruggaan koshuis toe.

15

Delores kry weer 'n brief van haar geliefde. Dié keer is daar 'n vliegtuigkaartjie by. Hy vra so mooi dat sy hom sal kom sien. Op kerkplein in Pretoria. Waar sy kantore is. Hy sê dat sy hom nie mag haat nie. Dat hulle huwelik steeds kan slaag indien sy sou erken dat hulle liefde kan verdiep deur vryheid en respek. Ons is sterk, onafhanklike mense, maar ons is afhanklik van mekaar se intieme vriendskap, Delores. Ons het oor jare mekaar se karakters subtiel geboetseer om presies in mekaar se groewe te pas. Twee siele om mekaar gedraai, maar tog elkeen met sy eie private heelal. Daar was 'n lang skeiding, maar wat van ons tyd saam? vra-skryf haar geliefde. Ek kan huil en jy kan karre regmaak. Jy kan klippe uitgrawe en ek kan plante troetel. Jy het gesweer dat ek jou siel in my hande hou. Maar miskien het jy vergeet omdat dit makliker is.

O, sug die voorvader. Hy skryf in bloed. Kyk hoe pluk hy my snare. Lees nog, smeek die voorvader. Ek luister met al my ore.

My liefste Patroon, skryf hy verder. Dan maak ek oë toe en die son lê so laag oor die see. Ek sien jou ook. Daai heupe van jou wat so lui kan kante ruil. Daar kom jy nou ver oor die strand aan met kinders en honde aan jou voete. Jy skop die fyn sand in wolkies om jou voete en die kinders en honde maal so tussendeur. My lady Madonna. Hulle is oor jou en om jou en ek sit ver van julle af en loer deur die verkyker en my hart is aan die brand. Ek sien hoe jy jou rok so tussen jou bene deurswaai en jy strek jou arms uit soos wanneer jy salig voel. En jou voete hardloop rond soos klein meerkatjies.

Hulle het 'n eie ritme wat ek so goed ken. Jou spore sal ek teen enige sandduin herken. Klein kort springtreetjies na links en dan 'n skuifel na regs. Jou rok se skaduwee maak sulke dansende vlerke in die see. Jy is my Delores met die wye oseaan aan haar voete.

Die voorvader tuimel van die bank af waarop hy lê en Kentucky eet.

Ek kan sterf, sug hy met die agterkant van sy hand teen die oë. My siel kan ook net soveel vat, jy weet, Delores. O, die desperaatheid van liefhê! gaan die voorvader te kere. O, as jy maar soos hy jou eie verlies wou erken. As jy maar net deur empatie tot insig kan kom.

Delores ignoreer hom. Die voorvader kan irriterend wees. Sy lees verder aan die egalige Lucinda Handwriting van haar geliefde se e-mail:

Wanneer ek my oë toemaak en ek sien die ou maan so skaam-skaam skuur oor die lae duine van die agterstrand, dan maak ek 'n groot Bosveldvuur. Ek pak hom sommerso in my hart. Ek gebruik harde houtstompe wat lank kan brand en diep kole kan maak. En oor die grasperk kom my Delores met haar baadjie se kraag hoog geslaan teen die wind. En sy sluip sulke lang skaduwees oor my stoep. En sy speel vir my van Leonard Cohen se songs en sy nooi my uit om te wals. Al oor die krake van die stoep. En sy skink vir my wyn wat brand in my keel. En hierdie skemermiddag word die ganse oneindigheid waarmee ek my ou surfersiel mee moet laaf.

Dis 'n nuwe eeu, sê die voorvader. Mens begin skoon as alles so nuut is. Dis nou makliker in die nuwe millennium. Hy swaai die vliegtuigkaartjie voor Delores se neus.

In die laaste dae sal daar 'n nuwe ontwaking wees. Mense sal dinge raaksien. Die esoteriese sal tasbaar raak en die paranormale sal alledaags word. 'n Vloedgolf van bewuswording sal oor die aarde spoel. Die blommekinders van die sestigs se kinders is tieners met 'n nuwe verdraagsaamheid. Hulle sien kans vir swartes, vrouens en gays. Hierdie nuwe generasie soek 'n universele gelykmaking. Die tyd is ryp vir 'n nuwe oes. Mense slaag al hoe meer daarin om mekaar gesond te bid. Dit op sigself bewys die stadige kanalisering van energie (lees ou Jan Brand in *Hoenderkop* op die Oudtshoornfees).

Die voorvader gaan sit op die standbeeld van Paul Kruger op Kerkplein in Pretoria. Hy wag dat Delores se bus moet stop. Sy kom van Johannesburg Internasionaal met die bus. Wou nie dat haar geliefde haar kom haal nie.

Die voorvader is gatvol vir die slakkepas waarteen almal bykom. Hy sien die ou wat uit sy eie sak duiwe voer. Daar is 'n kaalkop Krisjna wat mense smeek om op te hou vleis eet. Op 'n asdrom sit Ek-is-Ramnes en voorspel die laaste aaklige dae vir almal wat wil luister. Eenkant op die grasperk is 'n groot tent deur die laaste evangeliste opgeslaan. Twee klein seuntjies staan op 'n trap en kyk wie die verste kan pie. Die voorvader smile. Millenniumfrenzy.

Busdrywers gee my 'n kramp, frons Delores toe sy uiteindelik voor die poskantoor afklim. Hoe kry 'n mens dit reg om elke dag twaalf maal dieselfde roete te ry sonder om waansinnig te raak? Sy het goed opgestaan vanoggend en wonder sedert gisteraand oor die reste van haar seksuele energie.

Haar geliefde wil haar sien. Op die plein, asseblief. Na dertien jaar pop hy deur die wolke. Delores het sedertdien 'n vet spul kilogramme bygekry. Sy weet dat mans nie meer vir haar fluit nie. Nie dat sy vet is nie. Mans het net deesdae aansporing nodig. Sy het uitgewerk dat sy op die son — weens die kromtrekking van ruimtetyd — negeduisend kilogram sou weeg. 'n Helse troos om op die aarde te wees.

Die busbestuurder knik vir haar. Stupid moroon, mompel Delores, maar sy beloon hom met 'n kreukelneus en blaas 'n soen.

Delores wag vir haar geliefde onder Café Riche se sambrele. Sy skryf briewe om haar aandag van haar geliefde af te lei, maar sy hou die standbeeld dop.

Sy ontvang briewe van eindelose penminnaars van oor die wye wêreld wie se name sy op die internet of in tydskrifte kry. Sy skryf regte briewe met 'n inkpen. E-pos is vir kennismaak, maar briewe is net briewe as dit met die hand geskryf is. Dis persoonlik en spesiaal. Mens gee jou siel in 'n brief, sê Delores.

Sy vertel haar penvriende wat hulle wil hoor. Vir die sielkunde-professor in Amerika teel sy konyne en eet verskillende variëteite van Afrika-gras. Vir die rekenaaroperateur in Cambridge vertel sy van haar wêreldreise deur Bali en die Amazone en haar vyftien minute op Kilimandjaro. In Suid-Afrika is daar die lesbiese literator vir wie sy gedigte uit haar Skotse ouma se dagboek stuur en foto's uit haar dogter se album.

Delores vrek oor die fantasie van die leuen en die voorvader kan nie huis toe gaan nie, want haar destiny vind sy nie.

Ek weet dat die rooiby met sy fyn gepunte stert nie verniet op my pen kom sit nie, skryf Delores vir die lesbiër. En die seemeeu kom krys my sekere oggende op verskillende ure wakker, maar ek verstaan nie sy boodskap nie. Waarom dwarrel die blare 'n simboliese dans voor my voete? Is daar dinge waarvoor my sintuie doodeenvoudig nie gerat is nie? Sou ek nog genoeg tyd hê om te ontrafel waarom ek soms op 'n bepaalde oomblik in die nanag helder wakker word asof opstaan gekom het? skryf sy. En die miernes wat ek vanoggend raaksien, maar gister platgetrap het?

Ons ervarings word beperk tot die mate waarin die

liggaam fisiek aangepas is om waarnemings te maak deur ons vyf sintuie, ons brein en sentrale senuweestelsel (verseker Kant vir Delores in een van Ma se boeke).

Om te leer is 'n voortdurende stryd. Dis pynlik soos 'n verkragting, het Ma dikwels vir Delores gesê. Delores glimlag oor die ironie daarvan. Dis 'n wedywering tussen ons eie oppervlakkige vooropgestelde idees en die ongelooflike energie wat ons put uit skoonheid en individualisme.

Delores sit haar pen neer. Haar geliefde het onder Paul Kruger se standbeeld gaan staan. Sy kyk lank na hom. Hy dra nou 'n bril. En sy ponytail is weg. Hy word oud, dink Delores. Hy is nie meer so regop nie. Maar hy is nog bruin gebrand soos 'n ou surfer.

Sy kyk na die voorvader. Ná veertig, sê sy, kruip ek uit my droefheid soos 'n mot uit 'n kokon. Dis asof ek groter deernis het met my geliefde. Sy doen en late ontstel my nie meer nie.

Delores staan eers stil by die duiwe. Sy kyk na die voorvader, dan na haar geliefde met sy linnebroek en sy trui so fyntjies om die skouers geknoop. Sy sê dat sy te veel het om te verloor as sy nou oor die plein moet stap. Sy gaan net hier by die duiwe staan en vir 'n taxi wag. Sy sien nie kans om verder te stap tot by haar geliefde nie.

Die voorvader trek sy hoed oor sy oë sodat sy nie moet sien hoe hy huil nie. Hy gaan sit op die gras en sing, hallo, hallo, hallo met sy lippe.

Delores lag vir hom. Sy waai vir haar geliefde, maar sy stap nie 'n tree nader nie. Ek het jou vergeet omdat ek my wou loswoel uit my gekke afhanklikheid, fluister sy. Ek wil nooit weer deel in jou liefde wat my asem opsuig en my blind maak nie. Ek wil my passie beheer. My brein mag nooit weer bewe en deurweek raak met die muisnesbloed uit my hart nie.

Verkeerde dialoog, beduie die voorvader se vingers. Gebruik jou insig en draai jou bloody gesig na die kamera toe. Dis oneindig moeilik om Delores se voorvader te wees. Dis ondenkbaar dat sy opdragte sal uitvoer, vriendelike versoeke is reeds te veel gevra.

My voorvader is 'n closet queen, sê Delores. Ek mag oor hom praat, maar hy dra niks by om my bewerings oor sy bestaan aan ander te bevestig nie. Ek sien geen toekoms vir ons twee saam nie.

Delores veroorsaak byna daagliks 'n wanbalans in die kosmiese orde.

Die voorvader het aansoek gedoen vir 'n verplasing. Ons is verkeerd gepas, het hy geprotesteer. Sy word ouer, maar nie wyser nie. Sy verwerf kennis, maar verwerk dit nie tot insig nie. Sy neem nie tyd om te luister nie.

Maar sy versoek is afgekeur.

16

Delores en haar broer sit in die Blue Orange op Stellenbosch.

Haar broer het drie maande verlof geneem en wil graag die studiemoontlikhede by Maties ondersoek.

Die voorvader sing hardop: *Hey, Mr Orange, are you blue, blue, blue. Please, Mr Orange, are you blue?*

Hy speel met twee stokke waaraan lang chiffonchakras vas is. Meters blou en oranje materiaal golf soos rook uit sy stokkies. Hy swaai dit soos starlights. Vorm helder wiele teen die lug.

Haar broer sê hy is verlig dat sy nie haar geliefde te woord gestaan het nie. Mens loop nie terug op ou paaie nie, sê hy. Hy het te veel van sy suster se lewe misgeloop. Hy voel skuldig en wil graag inhaal. My lewe was maar saai, sê hy. My ure is gevul met boeke en studentelokale. Hy vra versigtig uit na die dag van haar geliefde se verdwyning. Delores se geliefde wat eers haar minnaar was. Haar broer sien hoe sy vir 'n oomblik twyfel. Sy speel met die teelepel en oorweeg of sy weer die pyn wil deurleef. Dan haal sy diep asem en vertel bedaard.

Onthou jy die naweek van 16 en 17 Augustus 1987? vra Delores vir haar broer. Sy soek 'n ompad om haarself in te stem vir die diep ontboeseming.

Haar broer lag; hy weet van die *grand trine.* Al nege planete het presies reg gelê in hul astrologiese vuurtekens, presies eenhonderd en twintig grade uit mekaar. Die naweek van sogenaamde groot insig en rigtingbepalings. Hy staal homself. Delores kan so bygelowig wees dat hy maar net meewarig glimlag. Ons sou dit in verskillende stede besigtig, ek en my minnaar. Maar oor die telefoon, beduie sy. Ek het maande hiervoor gewag.

Sy vertel hom hoe haar minnaar daardie oggend stil gegroet het met 'n skuins soen op haar wang. Hy was op pad Johannesburg toe. Sou laatmiddag terug wees. Hy het al meer in Gauteng gewerk. Fotograwe maak meer geld waar daar niks is om af te neem nie.

Teen middernag het sy begin bel. Sy was op hol. Elke moontlike hotel in Johannesburg. Sy kon drie en dertig opspoor via Telkom se navrae-diens. 'n Groot hand het haar gewurg. Sy het geweet iets was verskriklik verkeerd. Haar voorvader het die ganse tyd wiegeliedjies in haar oor gesing, maar sy het die hi-fi harder gedraai.

Teen vieruur het sy haar pa gebel. Hy het gesê sy moet 'n slaappil drink.

Haar broer luister aandagtig. Hy haal swaar asem en troos sonder om verder uit te vra. Hy het jare gewag op hierdie bevestiging. 'n Stempel op sy waarskuwings. Sy skerp voorgevoel wat alles raak waarvan Delores deel is. Die kollektiewe geheue wat hom reeds in sy ma se baarmoeder aan sy tweelingsuster gebind het.

Delores sê sy het nie gaan slaap nie. Sy het in die agterste tuintjie op een van die houtstoele gaan sit en wag. Onder die akkerboom in die maanlig het sy begin tel. Tot honderd en weer terug. Daarna het sy gedigte voorgedra vir die honde. Om haar angs te besweer. Van Wyk Louw en Eybers, Breytenbach en Hambidge. Sy het op die draadtafel geklim en met wye handgebare die eerste daglig toegesing. Sangerig deur bekende strofes gewerk.

Die volgende dag het 'n kleindorpse nagmerrie werklikheid geword. Sy het sonder om enige emosie te toon die kinders se rituele uitgevoer: hare kam, aantrek, ontbyt, aflaai by die kleuterskool. Sy het haar swaar gegrimeer en elke liewe string krale op haar naam om haar nek gehang. Sy het plat sandale aangetrek, haar hare onder 'n tulband ingedruk. Eers toe sy soos 'n aktrise uit die twenties lyk, het sy die huis verlaat.

Sy het haar geliefde se ateljee oopgesluit, die werknemers gegroet en formeel die dag se agenda afgehandel. Sy het egter nooit die dorp se beroering vergeet nie. Almal het die ergste vermoed. Hy is vermoor. Hy lê êrens dood. Soene en drukkies. Die polisie, die predikante en die raadslede. Die susters wat laataand met koek en tee opdaag en die kinders wat opgewonde tussendeur wriemel.

Laatnag het sy in sy kas gaan klim en tussen sy baadjies weggekruip vir die toeloop. Hulle het haar eers die volgende oggend daar gekry.

Ses maande later was haar geliefde steeds weg. Maar sy was teen hierdie tyd baie wyser en geskool in die kuns van emosionele labiliteit. Sy het geleer dat daar sekere rolle was om uit te speel. Rolle waarvan sy vroeër onbewus was. Nou het sy haar dialoog met soveel meer sorg gekies.

Die lewe het 'n eksperimentele teater geword. Die res van die wêreld het cues gegee en sy moes daarop reageer. Sê jy dit, dan sê ek dat. Doen jy so, dan doen ek sus. Sy het geleer om bloed te ruik lank voordat dit vloei, verraad te vermoed lank voordat dit gepleeg word. Dit was die grootste ontdekking in Delores se lewe. Om te ontwaak binne 'n groter lewende organisme.

Kortom kan biseksualiteit beskryf word as iemand se vermoë om seksueel aangetrokke tot albei geslagte te voel, en dan seksueel of sensueel met iemand van enige van die geslagte te verkeer. 'n Biseksuele individu kan dalk ook nie dieselfde aangetrokkenheid tot albei geslagte hê nie, en die graad van aangetrokkenheid kan wissel (De Kat, April 1999*).*

Jou geliefde bly in Pretoria saam met sy lover, 'n male model, hoor Delores. Jou geliefde het jou al op varsity met die Shimlas se losskakel verneuk, hoor Delores. Toe jy pregnant was, het hy 'n gay bar besoek, hoor sy.

Haar broer sug diep. Hy maak baie lank skoon aan sy bril. Delores kyk na sy goedversorgde hande, sy fyn wit vingers. Uiteindelik staan hy swygsaam op. Terwyl hy die rekening nagaan, sê hy: Delores, seksualiteit het bitter min met gees en alles met vlees te make. Die roepstem van liefde loop nie deur die vlees nie.

Delores se seun is trots op haar. Jy doen die regte ding, sê hy. As jou geliefde 'n man was, was hy steeds aan jou etenstafel. Maar jy het genoeg vriendinne. Hulle het nie kompetisie nodig nie.

Delores glimlag en streel met haar vingers deur sy hare. Dis sy lomp manier van troos. Hy is baie geheg aan sy stiefpa. Sy weet dat hulle gereeld uitgaan oor naweke.

Haar dogter is desperaat. Dis onverstaanbaar dat iemand haar eie geluk so masochisties in die wind kan strooi, snik sy. Julle het mekaar nodig, pleit sy. My pa het jou tog lief.

Die eerste ding wat ek moet doen, sê Delores vir haar voorvader, is om baie kalm te wees. Om te besluit. Sjoe, huil Delores. Ek moet wegkom. Ek kan net hierdie dinge verstaan as ek kritiese afstand kry. Ek moet objektief na myself kyk en sin soek in hierdie konkoksie waarin ek my bevind.

Ma hoor van Delores se geliefde wat haar wil terughê. Ma sê dat 'n suksesvolle huwelik die grootste menslike voorreg op hierdie klipperige planeet is. Baseer 'n verhouding op liefde. Reël dit deur intellek, 'n gedeelde waardesisteem, humor en respek. Dit is belaglik om jou te steur aan seksuele voorkeure, snork Ma. Binne die breër prentjie is seks totaal irrelevant, roep sy uit.

Wat kan ek bysit, vra Delores. Vertroue? 'n Mens kan nie iemand wantrou wie jy respekteer nie. Maar dit bly 'n mistieke konsep, die intrinsieke waarde wat een persoon vir 'n ander inhou. Waarom dan voorwaardes? Dit dui onteenseglik op 'n swak selfbeeld aan die kant van die persoon wat die voorwaardes stel, redeneer sy met haar voorvader.

Delores wroeg oor grense. Wanneer oorskry jou maat die grense van vergifnis? Hoe strenger die grense, hoe meer benepe die huwelik. 'n Mens moet tog nie in twee breek om iemand lief te hê nie. Sy wonder of die siel aan twee liggame gelyk kan koppel. Wat van my geliefde se geliefde?

Ek en jou pa is twee uiters eiesinnige vennote, maar ons kry dit soms reg om ons fokus te sinchroniseer. Dan is ons soos 'n reusebrander wat ritmies en kragtig voortrol. Onstuitbaar in ons gedeelde visie (skryf Ma in 1975 in die enigste brief wat Delores van haar gebêre het).

Die voorvader se kamera rewind volspoed. Hy gaan terug na die geliefde se begin. Kyk, fluister hy vir Delores, kyk net hoe lank en lui was die dae. Besluite was beperk tot klere en etes. Die lewe het bestaan uit rooi wyn en aandlug, die meting van intellek en fisieke uithouvermoë.

Hoe lank kan my liggaam sonder slaap klaarkom? Hoeveel beskuite kan ek saam met 'n enkele koppie koffie verorber? Hoeveel dates kan ek op een aand hanteer?

Ek moes opskop, giggel Delores.

Sy's pregnant en weet nie mooi wie, wat en waar nie, fluister haar kamermaat.

Haar pa sê dit maak nie rêrig saak waar 'n kind vandaan kom nie, want dis altyd indirek uit die hemel.

My pa kan hopelose eufemismes gebruik wanneer hy oorstelp is, lag Delores.

Moenie dat 'n magie tussen jou en jou studies staan nie, smeek haar pa.

Ma voel nie so gaaf daaroor nie. Sy glo in bloedlyne en beskou dit as niks anders as skandalig dat Delores nie presies weet hoe sy bevrug geraak het nie. Ma stuur

Delores met bokse vol blikkieskos na hul vakansiehuis op Pringlebaai.

Moenie worry nie, man, troos haar vriendin, kry vir jou 'n tan en 'n surfer.

Ha, sug Delores, I should be so lucky.

Maar daar is nog 'n siel daar.

'n Surfer.

Hy is elke dag daar met sy surfboard, maar sy sien hom nie meer nie. Hy het definisie verloor deur elke dag daar te wees. Hy is nou deel van die sand en haar fokus is nie meer op hom nie. 'n Surfer, 'n oënskynlike onbenulligheid. Blote toeval. 'n Betekenislose toevalligheid.

Dit reën elke dag. Die see en reën is 'n groot grysheid. Delores dwaal voor die venster asof sy haarself nie sover kan kry om op te hou hoop vir sonskyn nie. Sy het al die son tussen die wolke uitgeforseer deur baie stip en diep te konsentreer. Telekinese. Son, son, son. Die grys lewelooosheid van hierdie reëndag is oorweldigend. Haar voorvader bly voor die venster staan.

Die man met die stukkende duikpak klim van die rots af en stap strandlangs. 'n Lang, dun man. Ek hou nie juis van sulke Liewe Jesus-mans nie, dink Delores. Diep seuns soos esoteriese surfers en groenbehepte mamma-se-seuntjies hou almal van duikpakke.

Noudat hy beweeg, sien Delores hom weer raak. Hy is smoordronk. Hy waai vrolik met sy arms in die reën en slaan neer in die vlak water. Dan hande-viervoet hy lomp en kom weer met 'n gesukkel regop.

Die voorvader haal die verkyker van die rak af. Delores sak op haar knieë voor die skuifdeur neer. Verkyker voor die oë. Die surfer sing of skreeu in uitgelate ekstase. Sy hare maak klein nat veertjies teen sy kopvel. Hy is nou reg voor die huis.

Hy begin skeef-skeef deur die voetgolfies skuif. Sydelings soos 'n krap, maar traer. Dieper en dieper. Hy streel met sy vingers oor die eerste branderkam en buk vorentoe teen die reën.

Mal poephol! roep Delores gefrustreerd uit en staan op toe sy die ketel hoor afskakel. Hierdie weer smeek vir koffie met skop. Sy gooi 'n stewige tot suidelike troos in die swart koffie. Sy vryf onrustig oor haar maag. Die surfer het nou die kind ook omgekrap, want sy voel hoe hy skop, skop. Sy streel hom tot stilte.

Koffie tussen haar palms terug venster toe. Die surfer skuif steeds dieper. Sy sien nog sy kop deur die reënvlae. 'n Ronde swart kol teen die breek van elke brander. Sy kyk gefassineerd hoe sy kop lyfloos in die water saamwieg teen die branders. G'n gespartel. Dan is hy weg. Net die see en die reën. Asof dit nog nooit anders was nie.

Delores staar 'n oomblik half verdwaas, dan hoor sy haarself swets en voel sy die pynprikkies van die reën op haar vel. Sy knoei haar rok in 'n bondel onder haar swaar maag en rek haar treë oor die vlak golfies. Sy hou die kol dop waar hy in die water verdwyn het. Sy duik deur die eerste brander en skreefoog deur die rëen oor die deinings.

Sy sleep hom verbete uit. Hy het bleek, hol wange en blou streeplippe. Sy sak uitgeput neer met sy kop skaamteloos op haar nat, deurweekte skoot. Sy buig sy kop agteroor. Sy adamsappel bult 'n knop teen sy nekvel. Sy druk sy neus toe en forseer haar lippe op sy mond terwyl sy warm asem in sy mond blaas. Sy proe die koue sout.

Hy hoes vooroor. See kwyl by sy mond uit. Sy laat hom vooroor buig. Hy braak oor haar skoot. 'n Hele oseaan uit sy ingewande.

Shit! proes hy.

Shit, dink Delores, en probeer benoud haar nat rok

van haar vol borste aftrek. Sy skuif vererg onder hom uit en hou haar rok met gepunte pinkies van haar lyf af weg.

Die surfer rol om op sy maag en maak steungeluidjies.

Dit was maar die eerste redding, sê Delores vir haar voorvader. Van daardie dag af moes ek hom voortdurend red. Van die lewe en van homself.

Delores weet dat sy nie nodig het om haar geliefde nodig te hê nie. Sy het nodig dat hy háár moet nodig hê. Dis al. 'n Behoefte vir sy behoefte aan haar.

Ek twyfel of ons mekaar toevallig ontmoet het. Dit was 'n bestemming, sê Delores. Dis hoekom ek weier om te glo dat hy sommer kan verdwyn soos hy gekom het. Dit sou tog mindless wees. Waar is die regisseur se grande plan dan? Of kon die regisseur 'n oordeelsfout begaan het en so my lewe daardeur bebodder?

Delores krap diep in Ma se kis en haal haar ouma se aandrok uit. Wasige fyn kant oor satyn. 'n Rok uit die roaring twenties. 'n Lang lyf met parmantige opskop soompie. Sy hang al haar Ma se pêrels om haar nek, en haar dogter s'n en haar eie. Pienkes en effense gryses. Helder wit teaterpêrels en nagemaakte sjampanjepêrels.

Die oester verwerk die donker pyn van klip tot die helder glans van 'n kosbare pêrel, sê die voorvader.

Delores sing hartlik, *As Hy weer kom, as Hy weer kom, kom haal Hy sy pêrels.*

Dis die vet ouma met die mooi ronde gesiggie op die foto's in die familie-album. Haar rok. 'n Groene soos Delores se oë. Delores gaan strate toe. Die voorvader is opgewonde. Hy is vervaard besig om sy kamera se battery te laai. Hy peuter met sy driepoot en pak sy kameratas.

Delores pluk vars blomme en maak 'n mooi ruiker. Sy bad lank en innig in Ma se duurste badolies. Sy maak haarself mooi vir haar geliefde. Sy pluk haar wenkbroue en skeer haar beenhare. Sy grimeer vir ure en draai haar wortelhare in honderde klein stekeltjies wat sy tydsaam met mousse om haar vinger draai. Sy bind 'n satynlint om haar voorkop. Sy trek versigtig die aandrok aan en haar voorvader lê die ruiker in haar arm. Hy het 'n spierwit linnepak aan. Sy hemp is pêrelwit en van sy. Spierwitte slangvelskoene. Sy hare is vasgeolie teen sy kop.

Hulle slaan saam die MG se dak af en ry na Table View se winkelsentrum. Voor die cines gaan hulle sit en bestel koffie by die klein restaurantjie. Hulle eet melktert. Hulle praat nie met mekaar nie. Die regisseur se voorskrifte is vir 'n silent movie. Hulle praat met hulle oë en hande. Hy beduie met sy teelepel en sy gebruik haar mes. Ná die koffie haal Delores haar lang, lang koker uit en rook tydsaam. Die voorvader stel sy kamera sekuur op. Delores weet sy is die middelpunt van belangstelling.

Pa wil nie meer lewe nie. Die kinders is kwaad omdat Delores hom vertel het van Ma se toetsresultate. Hy is nou sku om uit sy woonstel te kom. Delores verdedig haarself deur te sê dat haar pa se intellektuele benadering tot die lewe die waarheid verdien.

Delores is in 'n diep gesprek met haar voorvader om haar optrede te regverdig. Sy is van kleins af haar pa se gewete. Hoe kan dit dan wees dat wat met Ma gebeur, so 'n groot invloed op hom het? Hy staan nie meer op nie. Hy sit nooit meer die suurstofmasjien af nie. Die dokter verduidelik vir Delores van hartversaking.

Die voorvader troos haar. Hy maak vir haar 'n pers kite en hulle vlieg dit op die strand teen die helder son.

Hy krap vir haar 'n mierleeu uit sy gaatjie en sê die mierleeu word mettertyd 'n naaldekoker. Die mierleeu bly soms maande en soms tot agt jaar lank 'n mierleeu, vertel die voorvader. Maar weet die mierleeu ooit dat hy naaldekoker word en onthou die naaldekoker ooit dat hy mierleeu was?

My pa se arms is lank. Hulle sal die dood op 'n afstand hou, redeneer Delores. Maar haar pa se arms het so dun geword. Die dokter laat almal na haar pa se woonstel kom. Ma is ook daar. Haar broer staan met sy arm om Ma se skouers. Delores is nie seker oor die sterfbed nie. Pa het al ten minste drie maal almal na sy sterfbed ontbied. Elke keer moet 'n dominee sy skuldbelydenis kom aanhoor en as die skuldlas eers af is, voel hy so goed dat hy telkens wonderbaarlik herstel. Maar toe Delores in die kamerdeur staan, weet sy haar Grootgees gaan nie weer opstaan nie.

Ek kan nie die dood verstaan nie, sê sy vir hom. Mens se liggaam bestaan uit dooie atome maar lewende selle, redeneer sy. As die atome reeds dood is, hoekom hou die liggaam op om te bestaan wanneer die lewe vertrek? Of miskien is dit juis in daardie klein atoompie waar die dood begin, sê Delores vir die groep om haar pa se bed.

Niemand is lus om oor die dood te praat nie. Een vir een verlaat hulle die kamer. Delores gee nie dadelik op nie. Sy volg die prosessie tot in die kombuis.

As die dood in jou midde is, moet jy tyd met 'n feesmaal besweer, babbel sy. Ons moet bargain met die dood. Ons moet ons vreesloosheid in sy gesig gooi. Ons moet goeie wyn kry. Die heel heel beste wyn van die gode. Ek sal vir julle 'n fabulous ete kook. Oranje lemoene en sagte eendborsies. Ons kook alles wat die tyd ons toelaat. Ons maak 'n ryspoeding so hoog soos die toring van Babel, probeer Delores helpers in die kombuis kry. Oorlewendes om die dood te tart met oordadigheid.

Ná die skottelgoed gaan lê Delores by haar pa. Dis laat skemer en haar beurt om by hom te waak. Sy huil sag in sy oor. Hy kan haar nie troos nie, want sy vleis het te dun geword om haar vas te hou.

Hoe kan jy my dan los, my Grootgees, huil Delores in die donker kamer.

Haar pa glimlag net met toe oë. Het jy geweet, vra hy met sy hees stem, dat ek na die engel Gabriël vernoem is? Net drie engele in die Bybel word op hul name genoem. Ek is een van daai drie.

Delores snuif hard en lag. Sy stamp hom liggies en herinner hom daaraan dat hy ook die reïnkarnasie van Raspoetin is. Sy steek vir hom kerse aan. Sy dra die hele kamer vol kerse.

Kyk, por sy hom. Ruik die kerswas soos jou kleintyd.

Haar pa hou sy oë toe asof oop oë te veel energie vra.

Jy moet nog wag, sê Delores vir hom. My seun aard na my. Ek aard na jou. So jy moet wag om te sien wat van jou toekoms word. Mens los nie alles net so nie.

Sy spaar hom nie. Ywerig probeer sy hom aan die lewe hou met sluwe kompromieë. Sy verander dikwels haar strategie. Soms slaan sy oor van motiveerder na manipuleerder.

Sonder Pa het ek niks nie. Ek sal ophou asemhaal. Ek kan nie sonder pa se goedkeuring leef nie. Pa kan nie so selfcentered wees om my net so agter te laat nie, pruil sy.

Sy haal haar oë nie van hom af nie. Stip sit sy en bestudeer elke trekkie op sy stil gesig. Hy word al meer voël en minder mens, dink Delores. Sy groot hande fladder soos dom vlerkies van 'n pasgebore voël. Sy neus word 'n snawel. En hy raak afwesig tussen sy aardse sinne.

Ek gaan so sukkel sonder hom, kla Delores by die ander. Sy sit vir dae langs sy bed. Sy slaap nie, bad nie, eet nie.

Hier voor my lê liggaam, ledemate, hare, naels, tande, vel, vleis, senings, are, senuwees, bene, murg, niere, hart, lewer, bors, vleis, vliese, milt, longe, ingewande, derms, maag, gal, slym, sweet, vet, spoeg, urine, fekalieë. Maar is dit my Grootgees? smeek Delores die voorvader.

Haar pa glimlag, maar nie meer vir haar nie. As sy oor hom buig om sy hand te vat, sê hy: You are my sunshine, my kind. Hy druk haar hand. Hierdie is soos 'n stadige geboorte, sê hy. Dan maak hy weer sy oë toe. Delores sit muisstil langs sy bed.

Later hervat hy die sin waar die vorige een opgehou het. Hy staar met wasige oë na die see buite sy venster. Ek wonder oor Ingrid Jonker, sê haar pa. Hoe het sy dit reggekry om in die see in te stap? Ek is dan so skytbang.

Delores snik hard, maar die voorvader druk haar mond so styf toe dat sy bang is sy versmoor.

Ek is in die geboortekanaal, my kind, sê haar pa.

Delores weet dat haar pa nie besig is om 'n audience te vermaak nie. Hy sien dokters met wit klere, sê hy. Dan slaap hy weer en as hy wakker word, soek hy water en sê hulle wag vir hom.

Delores huil verskriklik, maar sy hoor niks, want die voorvader druk haar mond bottoe. En haar keel. Sy hand wurg haar keel seer. Sy kry skaam dat haar pa so dramaties is. Sy dink hy probeer vir haar 'n memory maak. Delores wil nie uit die kamer gaan nie. Nie eens om deur die eetkamer se gordyne te loer as haar geliefde by Ma op die stoep kom sit nie.

Haar pa wag nie meer dat sy met hom praat nie. Hy praat alleen en met homself. Soms kyk hy na haar. Hy sê: Sunshine, Sunshine, en sy wonder of hy vir Ma soek, maar sy hou sy hand vas en hy glimlag. Sy stem klink net vaag bekend.

Delores wonder of sy lewe by hom verbyflits soos 'n fast rewind video. Terug tot geboorte. Of hang hy sag in tydloosheid? Sy kyk verwonderd na haar pa. Sy soek na 'n teken van emosie. Hy is nou stil. Vir ure praat hy niks meer nie. Sy knyp haar wange, haar arms, haar knieë.

Ek kan niks voel nie, fluister sy vir haar pa. Ek kan nie sluk nie, nie staan nie, nie huil nie, nie loop nie. Ek dink ek is histeries, sê Delores vir haar pa. Al die pyn het binnetoe geslaan.

Haar broer en die kinders staan in die deur. Hulle wil ook 'n bietjie by hom sit. Die suster sê hulle mag net een-een by hom kuier. Delores weier om sy hand te los.

Haar pa maak nie weer sy oë oop nie. Die voorvader

sug en vlieg deur die venster. Delores loop na haar pa se piepklein stoepie en roep die ander. Haar pa se wange is nat soos die water uit sy oë loop. Ma vee sy gesig met 'n warm lappie af. Die ander gesels gedemp. Drink tee en vertel Grootgeesstories vir mekaar.

Hy is dood, sê Delores.

Sy klim in haar karretjie en ry stadig met die 4x4-pad tot bo-op Blouberg. Sy haal haar mandjie van Langstraat uit. Op die kar se bonnet maak sy 'n bottel wyn oop. Sy gaan sit tussen die klippe en hou nagmaal sonder brood. Sy waai vir die blou lug en sien uit die hoek van haar oog dat die voorvader so snik dat hy nie die kamera behoorlik kan opstel nie. Sy drink stadig tot die wyn op is.

Dis nag in Bloubergstrand. Laag oor die see lê 'n sekelmaan met een enkelster aan die kant waar die maan uitgooi. Haar spiere is seer soos ná 'n lang dans. Sy staan stram op en verlang plotseling na haar familie. Ma, haar tweelingbroer en haar kinders.

Toe sy terugkom by haar pa se woonstel, is almal reeds weg. Haar pa se voordeur is gesluit. Sy word oorval deur 'n yskoue woede. Dat hulle dit kon waag. Die deur wat nog nooit vir haar toe was nie. Haar pa se oop deur. Dis my boodskap van geloof, het hy gesê. Om my leed aan te doen, moet jy God se toestemming hê. En, hoor Delores haar pa sê, as God dit gegee het, wie is ek om daarteen te stry. En nou kom sy nageslag en sluit ons woonstel. My en my pa se woonstel.

Delores byt haar lip. Ek gaan die een met die sleutel bykom. O, sis sy, ek gaan hom eers deur die gesig klap, dan sy hare trek en hom omstamp. Sy huil histeries. Ek gaan die een met die sleutel omstamp. Ek gaan op sy bors sit en elke tand uittrek. Ek sweer, gil sy. Ek gaan met my vingers in die tandgate krap en hulle sal nooit ooit weer die woonstel toesluit nie.

Die buurvrou maak haar woonsteldeur oop, maar wanneer sy vir Delores sien, maak sy dit saggies toe.

Delores is vier blokke weg voordat sy besef dat sy verskriklik huil. Haar keel brand en sy hoor vreemde geluide wat nie soos haar stem klink nie.

Delores het gehoor dat haar geliefde steeds in Blouberg is. Hy wag vir haar pa se begrafnis. Delores voel soos 'n vlakhaas. Hy gaan my bel, hy gaan my bel, hy gaan my bel. Ek is so bang, sê sy vir die voorvader. Sy skakel haar selfoon af.

Om tienuur die oggend bel hy op die gewone huisfoon.

Maar jy weet mos teen hierdie tyd dat ek jou liefhet, val hy met die deur in die huis. *Lang stiltes volg tussen sy sinne.* Jy kan my haat of my verstaan, sê hy. Dis jou keuse. *Stilte.* Maar aangesien jy dan nou sogenaamd die normale een van ons twee is, is ek dan maar seker die een wat begryp moet word. *Hy haal diep asem.* Jy sien, jy gebruik mos hulle maatstawwe, so dan is jy mos die een wat tussen ons twee die moraliteit bepaal. *Hy praat al vinniger.* Jy is die een wat die grense stel. Ek staan maar hier in my hoek en dan kom jy en beoordeel my gedrag. En jy bepaal dan sommer ook my vergiffenis en my saligmaking, die lot. Wat ek probeer sê, is: ek verstrengel myself heeltemal in die probeer, en jy stel voortdurend die parameters. *Delores snik.* Ek weet net een ding, sê hy, en dit is dat ek jou vandag wil troos. Jy het my nodig, Delores. En ek het jou nog nodiger, smeek haar geliefde. Dit voel my ek sterf sonder julle, pleit hy.

Delores word dronk van sy mooi woorde.

Jy kan my vergewe omdat jy ook gely het, Delores. Wat is die doel van al ons hartseer en gewroeg as jy nie daardeur tot nuwe en beter menslikheid groei nie? vra hy. Ek sal jou Abelard wees en jy my Heloïse.

Toe Delores steeds net in sy oor asem, in en uit, sug

haar geliefde dat sy liggaam verlang na iets wat hy nie meer ken nie. My voete soek jou musiek. Ek het doof geword vir alles anders. Jy sal miskien nie onthou nie, maar van dans het jy my alles geleer. Ek het geen ritme sonder jou in my arms nie. Jy het alles oorgeneem, Delores. My drome ook. Ek is so moeg van wakkerword met jou naam in my kop. Hy sug weer diep. Dan trek hy sy asem hoorbaar tussen sy woorde in en blaas dit uit saam met die punt. As jy nie kans sien nie, sal ek myself herprogrammeer. Ek sal myself maar wysmaak dat hierdie hol gevoel vir altyd deel van my lewe gaan wees en dat dit aards en normaal is. Ek sal ophou treur. My liggaam sal gewoond raak aan die gemis.

Dan tref dit hom dat hy met haar moet redeneer. Delores is deur ’n man grootgemaak. Ons moet bedank uit die sirkel van blinde gelowiges, begin hy sy betoog. Ons moet hulle uitgediende patrone met misnoeë verwerp, sê hy. Ons moet die res van ons lewe met die insig van verwerkte kennis binnegaan, eindig hy.

Die voorvader dans ’n dying swan. Hy het wit tights aan. Sy bors blink in die oggendson wat deur die venster val. Hy buig laag oor sy eie bene en split langsaam. Die musiek laat hom met sy kop op sy knieë lê. Daar is veertjies op sy rug, al om sy ore. Hy trek Delores se aandag af. Sy maak haar oë toe.

My geliefde rol woorde soos ronde rivierklippies. Ek kan nie nugter bly met sy stem in my ore nie. Delores moet twee keer haar spoeg insluk voordat die woorde kan uitkom. Soms is antwoorde duideliker as vrae, ontwyk sy om tyd te wen. Dan raak haar kop helder.

Ek moet eers die hap wat jy aan die forbidden fruit gevat het, self ook verteer, sê sy vir haar geliefde. Dan sal ek miskien kan sien dat ek ook maar kaal is. Dat ons van altyd af kaal was. Of dat die appel nie saak maak nie. Dat niks verbode is nie.

En dit voel asof 'n deel van haar emosies sal moet sterf om hierdie nuwe insig te leer.

Die voorvader spring uit sy swanemeer en loop op gepunte tone tot waar Delores se woorde hom nie meer seermaak nie. Sy weier om die paaie te loop wat hy met soveel sorg vir haar teer. Hy trek sy baadjie aan, haal sy sakdoek uit en snuit sy neus.

Toe sy die telefoon op die mikkie terugsit, sien Delores dat haar hande bewe.

Sy is dwalend. Haar geliefde sal nie weer probeer nie en vandag word haar pa begrawe. Sy het dae laas geslaap. Snags dans sy deur haar huis. Sy brand kerse en kyk na haar skaduwee teen die muur. Sy klim op die dak om naby die sterre te wees. Sy praat met niemand nie. Haar selfoon sê jammer, message box full.

Delores dwaal in die sentrum by Table View. Sy hoor die ganse tyd haar geliefde se stem en die gelui van kerkklokke. Voor die winkelvenster waar die etaleur besig is met die heks, gaan Delores staan. Die heks in die venster ry op 'n fiets. Goue hare op 'n besembosfiets. Die sagte materiaal van die heks se jurk en die weerlose heksemond.

Shame, sy moet vir altyd 'n heks bly omdat ander besluit het om haar 'n heks te maak, sê Delores vir die etaleur.

Die etaleur is 'n maer vroutjie met groot wye oë en reguit hare. Sy bevestig die heks se lot, maar verseker vir Delores dat die heks daarvan hou om heks te wees. Kyk, sê die etaleur, haar goue hare wys sy was in 'n vorige lewe die feëkoningin. Mens moet balans hê.

Delores kyk lank hoe die etaleur haar venster tooi. Ure. Die heks ry met haar fiets in haar eie blou wêreld met oranje wolke wat die etaleur opgehang het. Die heks lyk dolgelukkig op haar houtfiets.

Jy is verskriklik goed, sê Delores vir die etaleur. Jy

het my dag gemaak, sê sy en verwonder haar aan die vrou se wye oë en smal neus. Delores sit op haar hurke voor die venster. Sy kyk op haar horlosie.

My pa word nou op hierdie oomblik begrawe. Kom drink saam met my koffie, vra Delores sonder omhaal.

Cool, sê die etaleur en sit haar gereedskap neer. Sy gryp haar handsak. Ek is mal oor begrafnisse, sug sy.

Delores eet dik snye sjokoladekoek. Sy praat nie. Haar tong is dik. Sy proe net die soet sjokolade. Die etaleur praat ontsettend baie. Sy wou 'n haarkapster word. Sy wou 'n aankoper vir Edgars word. Sy wou 'n vagabond wees. Sy wou so baie dinge dat Delores se ore tuit. Hulle kuier in die CD-winkel en luister na Marianne Faithful se musiek. Hulle vergelyk die stand van hulle hormone en die kwaliteit van hulle sekslewe. Delores eet nog 'n stuk koek en dink aan Ma en haar kinders en haar geliefde wat nou vir Grootgees begrawe.

Later voel sy naar. Sy groet die etaleur en ry sonder 'n dak Blouberg toe. Die voorvader sit nog die hele dag op die kar se bonnet en huil. Delores wonder of hy hom nie skaam om so te snotter nie. Sy probeer hom ignoreer, maar hy snik te hard en te veel.

Hoe verwerk mens iets wat weg is, vra Delores om sy aandag af te trek. Hulle ry langs die skemersee na Ma toe. Ek het tog self die waardes waaraan ek so swaar dra aan die wêreld gekoppel, sê sy. Nou verloor ek dit so onwillig. Ek verstaan nie hoe iets wat weg is, soveel pyn gee nie. Soos 'n ledemaat wat bly jeuk nadat dit afgesny is.

Toe dit donker word, stop Delores voor Ma se huis. Sy sien aan die skoorsteen dat daar 'n vuur in die kaggel brand. Ma staan in die straat en groet die laaste mense. Sy druk vir Delores lank vas. Die kinders is dik gehuil. Hulle vermy haar. Sy dink hulle is vies vir haar. Sy volg hulle kombuis toe. Hulle sit om die tafel en eet begrafnisoorskiet. Haar vriendin is ook daar.

Goed wat verbygaan, is net 'n illusie, sê Delores vir die begrafnisgangers. Mens moet nie te veel daaroor stress nie. Uiteindelik is dit maar net jy en jou kop wat oorbly, verklaar sy. Net gedagtes is die waarheid. Ons is almal 'n illusie. Verganklike sotte, dis wat ons is.

Die voorvader se vel is grys van dehidrasie. Hy begin weer saggies snik.

Op die voorstoep staan haar broer met 'n bordjie koek. Sy een been rus op die stoepmuur. Toe sy naderkom, sien sy in die stoeplig dat hy haar ignoreer. Hy is ontsteld omdat sy nie by die begrafnisdiens was nie. Almal sê hy het 'n pragtige boodskap gehad. Sy het hom nog nooit hoor preek nie, besef Delores.

Ek kan niemand meer troos nie, sug Delores op die stoep. Ek het nie meer 'n tong nie en my arms het kort geword. Wat maak ek op 'n begrafnis as ek niemand kan troos nie? vra sy. En die kerk versmoor my. Dis muwwerig daar en alles is nat.

Die voorvader sit op die stoepmuur met 'n glasie wyn en 'n bordjie eetgoed in sy hand. Hy het 'n sonbril op om sy dik oë weg te steek. Borslap om sy nek. CALVYNKOORS, staan daarop. Delores lag.

Haar broer kyk geïrriteerd na haar. Hy is baie ontsteld dat Delores nie meer kerk toe gaan nie. Hy verwyt haar geliefde, maar sê darem ook dat Delores te sterk is om haar deur 'n man te laat beïnvloed.

Jy ly aan Calvynkoors, sê Delores vir haar broer en knik vir die voorvader.

Haar broer kry die kinders jammer wat met haar voorbeeld moet saamleef en hy weet sy gaan nog baie berou hê oor haar snaakse sienings. Hy waarsku haar ernstig oor die gevare van die sogenaamde New Agebeweging. Bo-middelklasmense soos jy en Ma val maklik ten prooi, waarsku hy.

Delores kyk lank na haar broer. Onthou jy nie, my

broer, hoe jy gehuil het wanneer die gelykenis van die verlore skapie gelees is nie? Klokslag. Jy het toe net nie geweet dis oor my wat jy huil nie.

Jy is nie verlore nie, Delores, sê haar broer en speel met sy koekvurk in die krummels. Jy is net hartstogtelik aan die soek. Haar broer is seker van sy saak. Hy haal diep asem om haar finaal in die regte rigting te dwing. Jy soek verlossing, sê hy. Jy soek jou saligmaker. Jy soek liefde, my sus. En vergifnis. En jy glo nie dat jy gereinig word deur die bloed van Jesus nie, smeek hy byna. Sonder die geloof dat Jesus die seun van God is, is jy verlore. Sonder die geloof dat Jesus aan die kruis ook vir jou gesterf het, is jy verlore. Sonder die geloof dat jy in sonde gebore is, is jy verlore.

Soveel verlorenheid laat Delores haar ore toedruk. Sy hardloop binnetoe. Haar broer bly alleen buite op die koue stoep. Delores vra haar dogter om vir hom 'n baadjie te vat.

My broer woon in 'n kerk, sê Delores vir haar voorvader voor die kaggel. Dis donker in sy kerkhuis. Daar is uitgebrande kerse en die reuk van wierook. Hy sien die son blou en rooi. Sy dag het ook pers sterre deur sy vensters, maar daar is dit nooit warm en geel nie. My broer kom nooit buite nie, huil Delores. Sy God woon in sy kerkhuis en hy is bang sonder sy God. Ek sien sy vingers en tone met elke koue verjaarsdag langer word. Lang, dunwit ledemate, beroof van somers.

Haar broer staan in die deur. Hy het 'n mandjie vol hout in sy arms. Hy pak met stywe lippe die dik stompe op Ma se vuur. Hy vroetel met die vuurtang tussen die kole.

Daar is die waarheid en daar is die werklikheid, glo Delores. Soos filosofie en wetenskap. Die menslike verstand het iets met God en heerlikheid te doen. Delores weet dat sy haar eie werklikheid skep. Wat sy sien en vir die voorvader wys, is haar eie geskape wêreld. Dis haar wêreld waarin die kameras permanent draai en die voorvader op die agtergrond luier. Die rede kan dit begryp, selfs al kan die verstand dit nie verwerk nie.

My werklikheid is niks belangrik nie. Ek kan dit aanpas soos dit nodig word. Dis vloeibaar, maar dis my waarheid, sê Delores vir haar broer. Dis my waarheid. Ek is nie soek in my wêreld nie en in joune waar ek so verlore is, wil ek nie wees nie.

Sy sien die verwarring in sy oë. Hy speel met sy ring in die vuurlig. Kug. Hy kan haar ook nie meer troos nie. Hy staan weer soos kleintyd op die tuinmuur en preek vir die dahlias. Sy kyk na die Britse krawat wat bo sy hemp uitsteek. Om hier te wys dat hy nie meer local is nie. Stylvolle professor uit die Engelse akademie. Sterk en joviaal met 'n kitsoplossing. Hoe is dit moontlik? dink Delores. Wanneer het dit gebeur dat ons op twee verskillende sonnestelsels ingeskakel het? Voor haar sit die mens wat sy die liefste het, maar hy lag op verkeerde plekke en sy vel is deurskynend wit.

Delores gooi skille in die kaggel. Sy groei lemoene deur die donker kamer. Die ruit is koud teen haar neus. Sy steek die vet kerse in Ma se vensterbank aan. Die voorvader trek die reuk van die kerswas behaaglik in.

Sy kyk na haar broer in die sagte lig. Kerslig is die enigste lig wat voorvaders werklik verdra, mymer sy. Voorvaders het nie lig nodig om te sien nie. Hulle hoef geen vergelykings te tref om dinge te weet nie. Maar nie vir ons nie, nè? Ons het altyd balans nodig om ons kennis in te samel. Lekker teenoor sleg, goed teenoor kwaad en lewe teenoor dood, sê Delores vir haar broer, maar hy bly stug.

As jy wil kan ons 'n tango dans, bied sy aan. Dan luister ons na al die stemme in ons koppe. Of 'n wals as jy wil, asseblief?

Haar broer wals liggies met haar deur die donker kamer sonder musiek. Sy rus met haar neus in sy nek. Hy ruik soos suurlemoene. Of gesnyde gras. Sy kan nie onthou uit watter laai die reuk kom nie.

Ek het gedroom, fluister sy sag vir haar broer. Alles is so maklik dáár waar mens droom, sug sy. Ek reken dis omdat die reëls daar anders is. Daar maak dit nie saak wie voordeel trek nie. Gisteraand was ons pa in my droom. Hy het op die gras gestaan met sy kortbroek en hy lees Rooivlerkspreeu van sy jeug. En toe steek hy Ma se tuinhuisie aan die brand en sê hy hou nie van simpel goed wat nie werk nie. En die vuur het oor my gelek, maar my nie gebrand nie. Tog het al die ruite van die hitte gebars.

Haar broer sug. Hy onthou ook hulle pa se gedigte in die maanlig. En die lesse oor sterre. Ons het onder die dadelboom gesit en ek het vir jou die sewe susters gewys, vertel hy, en jy wou my nie glo nie. Ons pa het gelag en vir jou gesê jy moet onthou elke keer wanneer jy nie glo nie, verloor jy een droom. Jy het begin huil en gesê Pa moes jou lankal gesê het, want nou het jy al so baie drome verloor. En jy was seker iemand anders het dit klaar opgetel. Die drome wat jy verloor het.

Delores lag. Ek het maar van kleins af 'n ding oor geloof. Drome is soveel makliker, want jy hoef dit nie te glo nie.

Haar broer kyk op. Jy weet Delores, sê hy sag, ek het God nog nooit gesien nie. Dis tog die hele punt van geloof.

Delores blaas haar neus in sy sakdoek. Sy vee die klammigheid uit haar oë. Ek glo dat ek verby die fase is waar ek gewonder het hoe almal in die ark gepas het, sê Delores uiteindelik. Ek reis lig en sonder die behoefte aan gesalfde interpreteerders. Die kosmos fluister boodskappe suiwer en direk in my ore. My siel kom uit God se gedagte.

20

En verder, monnike, in die dra van die onderkleed, die bedelbak en die bokleed beoefen die monnik noulettendheid; in eet, drink, kou en proe beoefen hy noulettendheid; in ontlasting en urinering beoefen hy noulettendheid; in loop, staan, sit, slaap, wakkerwees, praat en stilbly beoefen hy noulettendheid. Die monnik se noulettendheid leer hom die waarheid van verganklikheid, die waarheid van onbevrediging en die nie-substansiële van alle dinge. Die monnik se noulettendheid gee hom insig (lees Delores uit J.S Krüger se *Aandag, kalmte en insig*).

Skeer my hare, sê Delores die volgende dag vir haar nuwe vriendin, die etaleur. Blink kol op die agterkop soos die heilige Sint Augustinus, soos Sint Franciscus van Assisi. Die etaleur is sprakeloos. Af, af, af! gil Delores.

Ek sal 'n monnik wees vir my broer, sê Delores later terwyl sy haarself tooi vir haar solo-straatteater. Ná ete neem sy haar gebedekrale en kry koers. In haar warm teaterkostuum, al langs die teerpad af tussen Melkbos en Blouberg. Sy dra 'n bruin monnikgewaad en plat leersandale. Haar kop steek soos 'n verspotte eier tussen die ring rooi hare uit. Sy dra 'n groot swart munisipale sak as bedelbak en tel al die papiere langs die pad op. Die motoriste verstom hulle, maar niemand stop nie. Halfpad is die sak vol en Delores moeg. Sy gooi duim, maar niemand laai haar op nie. Dis reeds aand toe sy by Ma aankom.

Ma kyk na Delores en haar oë rek. Sy kyk en kyk. En toe begin Ma lag. Sy lag so dat sy en Delores naderhand plat op die stoep gaan sit. Delores, Delores, sê Ma. Wanneer gaan jy grootword, my kind? Dan roep sy Delores se broer en lag weer. Moet tog nie, my kind. Maar sy kry nie uit wat Delores tog nie moet nie.

21

Hoe lyk my pa nou? wonder Delores 'n paar maande later as sy verby die begraafplaas ry.

Hy lê nou daar, sug sy. Blou en etterend. Miskien is hy nou 'n geraamte wat aanmekaar gehou word deur senings. Of 'n verstrooide geraamte. Die kleur van skulp. Verrotte bene. Hoe lank voor stof tot terugkeer?

Sy verwyt haarself dat sy nie die argument kon wen om hom te laat veras nie. Haar broer wou dit nie toelaat nie. Hy en Ma het saam besluit dat Pa die graf in Blouberg gekoop het omdat hy tradisioneel begrawe wou word. Ek wil asseblief sy as bêre, het Delores gesmeek. Hy was my enigste fan, snik sy.

Delores is hartseer as sy dink dat daar werklik wurms is wat dalk aan sy lyf knibbel. Sy sug diep. Sy eet deesdae min. Sodra sy aan iets wil hap, dink sy aan die wurms wat Grootgees opvreet en dan word sy naar. Sy kan nie meer eet nie. Ook nie kosmaak nie. Haar kinders fluister agter haar rug. Haar broer koop vir haar kruie en vermy die woord depressie.

Jy moet depressie beveg, Delores. Dis 'n sluipsiekte wat jou van agter af aanval, waarsku haar deskundige vriendin.

In Amerika, vertel haar broer, kry jy die blue jay. 'n Klein blourugvoëltjie. Ek het gelees dat dié voëltjie dans wanneer hy in gevaar verkeer en dikwels só sy aanvallers afskrik. 'n Statige dans asof hy baie tyd het en niks om te vrees nie. Hy verwar sy aanvallers met die vreeslose dans. Mense kan nie vreesloosheid hanteer nie, Delores. Hulle verstaan dit nie. Waardeer dit ook nie.

Jy is ons familie se blue jay, sê haar broer vir haar toe hy haar by die sielkundige aflaai.

Dans, Delores, dans, sing die voorvader en bokspring voor haar uit in die paadjie na die sielkundige se voordeur.

Ek is baie bewus daarvan dat ek deesdae 'n soort wysheid besit wat vroeër toegespin was, sê Delores vir die sielkundige by wie sy voorheen was. Dis asof ek insig het in dinge buite hierdie wêreld, knipoog sy vir die voorvader.

Die voorvader sit verveeld op die sielkundige se vensterbank en skryf met 'n spoegvinger teen die venster: *Ek sit vereensaam op 'n wolk en kyk hoe skarrel die mense. Soms, vir 'n vlietende oomblik, trek iemand my in sy wêreld in en ek los op in die wonder daarvan. Maar meestal verg dit inspanning om met aardlinge om te gaan.*

Delores lees die voorvader se woorde teen die ruit, sy luister nie na die sielkundige nie. *Om te leer is 'n pynlike proses*, skryf die voorvader.

Die sielkundige sê sy moet haarself diep binne gaan haal. Oefen diep meditasie deur jou gedagtes los te maak van die wêreld om jou. Sy vertel van Alexandertegnieke en asemhaling. Sy is oortuig dat Delores baat vind by wat sy sê. Mettertyd word die vlug na binne makliker en spontaan, sê sy selfvoldaan.

Sy verbeel haar dikwels dat sy haar pa op die strand sien loop, vertel Delores. Soms in die teater of in restaurante sien sy hom skrams. Haar pa dra sy groen broek en sy jas. Hy koop 'n serp op Groentemarkplein. Sy sien hom in taxi's, op busse. Sy volg hom in haar motortjie. Sy ry kilometers van voorstad na voorstad agter hom aan, maar hy ontglip haar altyd.

Teen die sielkundige se muur hang 'n houtbordjie. Iemand het met swart verf die woorde van Carl Miles daarop geskryf:

God, ons sien u voetspore oral in die heelal. Verlig asseblief ons desperate verblyf in hierdie weeshuis deur ons toe te laat om te verstaan waarom U ons geskape het.

Donner, sê Delores vir die sielkundige, hier moet ek uit. Jy sal my 'n depressie, angs en 'n algehele ineenstorting gee.

Die sielkundige is geduldig en gaaf. Sy hoor Delores moet vir haar broer wag en vra of Delores haar aan hom sal voorstel. Sy het baie van sy boeke gelees.

Haar broer en die sielkundige drink later saam met haar koffie onder die peerboom in die sielkundige se tuin. Haar broer verduidelik dat tyd alles genees en dat God se tyd buite ons menslike begripsvermoë lê. Daar waar geboorte en dood net 'n illusie is. Waar begin en einde onmeetbaar is soos die heelal.

Delores vra wat sy moet doen met Ma. Om reg te maak. Om haar te help. Want ek is nou ook 'n slagoffer, erken Delores. Dit wat ek nie wou wees nie, het ek geword omdat ek omgee. Tog is ek vreeslik verlig noudat ek weet ek gee om. Ek wil vir Ma die waarheid aarde toe bring.

Toe haar broer haar voor haar huis aflaai, is Delores erg beswaard. Ek kan dit nie glo nie, sê sy vir die voorvader, daai twee het my nou wragtig so hartseer dat ek nie weet hoe ek dit met myself het nie.

Delores trek haar rouklere aan. Direk uit die ou wakis wat op haar stoep staan. Dis haar ouma s'n. Haar pa het dit ná haar ouma se dood by Delores kom aflaai. Delores en haar dogter pak dikwels op Sondae die kis uit wanneer hulle verveeld is. Dan kyk hulle na die foto's en trek die ou rokke aan.

Ouma se rourok. Krapperige materiaal en die reuk van motbolle. Hakies en ogies waarmee haar dogter moet help. Die voorvader help ook. Hy is haastig, want hy wil die beste foto's hê teen die regte lig.

Vir Delores is dit 'n ritueel. Sy trek eers die vergeelde bloemers aan, die stywe onderrok wat haar verdeel in 'n bo-liggaam en 'n onder-liggaam. Die harde, gestyfde kappie. Die gebedeboek uit 1917 stewig onder haar blad. Hierdie boek, sê Delores, het my ouma deur die hel gehelp. Al klouende dra sy haar tolletjiestoel tot op die agterste sitplek van haar motortjie.

Voor die gehawende hekke van die ou begraafplaas in Johannesdal maak Delores haar stoeltjie staan. Jy weet, sê sy vir die voorvader, as 'n mens wil huil, moet jy dit doen op 'n plek waar die assosiasie met smart gepas is. Dis net onvanpas om te treur waar die son helder skyn.

Die mense ry verby en dink sy is deel van een of ander uitstalling. Mense wil graag rasionaliseer. Dis vir hulle logies dat Delores op die stoel met haar swart rok en Voortrekkerkappie deel is van 'n filmshoot. Delores lees uit die gebedeboek. En die mense wat verbyry, kyk terug of hulle die filmspan iewers sien.

Die voorvader lê alles op film vas om die nageslag te help verstaan.

Delores sit totdat sy die gebedeboek twee maal deurgelees het. Dit duur die hele middag. Die wind is koud en sny deur Ouma se swart rok. Maar die huil kom nie.

Dis omdat ek nie meer weet hoe nie, sê Delores. Ek het te veel geoefen om kalm te bly. So cry me a river, wat gaan jy daaraan doen? raas sy met haarself. Daar is nie meer musiek in my oor nie, sug Delores.

Sy dwaal deur die huis. Sy gaan sit op die mat. Sy wil weg, maar weet nie waarheen nie. Sy blaai deur die atlas en druk met haar vinger op verskillende lande. Sy droom oopoë. Sy eet rosyntjies en spoeg die pitte uit. Sy krul haar tong soos 'n pea shooter en lewer die pitte een-een af met sagte klapgeluidjies.

Dit gaan 'n moerse issue wees om al die pitte weer op te tel, sug sy.

Die mat lê besaai met rosyntjiepitte. Sy trek haar skouers op. Nou is dit lekker om die pitte uit te spoeg. Sy het die atlas op die mat oopgemaak en probeer met 'n opgerolde tong een of ander land met 'n pit raak te spoeg. Die pitte reën op die mat, maar sy mis die wêreldkaart. Haar voorvader sit eenkant met gevoude arms. Hy wil niks met die pitspoegery te doen hê nie. As Delores na hom mik, koes hy, maar sy spoeg hom ook mis.

Die voorvader is gatvol vir die spoegspeletjie. Hy hou die atlas in die lug en wys vir haar dat daar 'n pit aan Thailand vaskleef.

Daar gaan jy, sê hy. Bedees bring hy sy hande na sy ken en buig sy kop in 'n biddende wai.

Delores spring regop en dans saam met hom die dans van die vingernaels. Sy buig haar hande en loer deur haar vingers soos 'n wasige Thai-prinses. Die voorvader buig sy voete na buite en dans met stampende hakke.

Ek moet my rugsak pak en my voete op die grond neersit, sê Delores opgewonde. Ek het die aarde se geheue nodig om my deur hierdie woestyn van woede en vrees te neem. Nou gaan ek 'n pelgrim vir die aarde wees. Die sterre en die aarde se donker prana. Dit sal my helder maak. Delores lag gul. Julle sal sien, my geheue sal weer wakker word. Ek sal nuwe dinge weet.

Daardie aand bel Delores haar kinders om te kom saameet. Ek het 'n besluit geneem, sê sy. Ek moet wegkom. Mense se lyding smeer aan jou af en naderhand kry jy dieselfde simptome. Sy sug diep en eerlik. Ek dink ek het uiteindelik my heel grootste talent ontdek. Dis my vatbaarheid vir suggestie. Ek beleef nie hartseer nie, ek word dit. My naam word Pyn. Al die emosies wat rondom ons in hierdie kamer hang, verdryf Delores uit my. Dit neem my oor.

Haar dogter streel haar rug en beaam dat hartseer aansteeklik is. Mens het geen verweer daarteen nie, sê sy. Die negatiewe lading is uiteindelik net te sterk. Hartseer mense is die alleenste op aarde. Mens se gedagtes is tog die wêreld waarin jy leef.

Haar seun glimlag haar moed in. Jy het jouself van binne af laat vrot omdat jy nie wil glo dat jy hartseer is nie.

Ek wou so graag sterk wees, daarom huil ek nie. Hoe kan ek huil as Ma nie huil nie?

22

Die gemiddelde tydperk vir die MI-virus om dormant in die liggaam van sy gasheer te skuil, is tien jaar. Daarna raak die virus aktief en infekteer die gasheer (lees Delores op die internet).

Delores maak vir Ma 'n printout van die lang artikel. Ma lees dit twee maal. Sy weet lankal dat sy nou twee tydsduiwels het met wie sy kompeteer. Verwering en liggaamlike degenerasie plus die gevolge van die virus wat sy dra.

Delores troos haar. Kyk nou net, sê Delores, hoe maklik verwerk jy die rape. Net omdat daar groter dinge is om te verwerk.

Die voorvader rol sy oë en vou sy hande in desperate gebed. Delores kry skaam. Sy sê vinnig dat sy eintlik bedoel het Ma is swanger met sagte geheime. Dat sy meer weet as ander. Juis omdat sy gerape is. Ma hou van mooi woorde. Sy lag om te wys dat sy nie kwaad is nie. As Delores wil, kan sy woorde spin wat soos fyn draadjies is.

Ma sê ouderdom is 'n bate wanneer innerlike wysheid en insig opmaak vir plooie en 'n verswakte liggaam. Sy pak al haar kaste reg.

Delores is geskok oor al die dose in die huis. Dit lyk of Ma trek, protesteer sy. Maar Ma sê die grootste genot is juis om alles weg te gooi wat mens nie meer nodig het nie. Sy raak van alle oortollige bagasie ontslae en het nog nooit so goed gevoel nie. Ek stroop myself om minder slytasie te veroorsaak, lag Ma.

Dis hoekom Ma so gloei, dink Delores. Dis al die energie wat sy so kundig kanaliseer. Mense stroom na Ma om krag te kry.

Terwyl hulle vir Delores se broer wag om klaar te stort, vra Delores versigtig of Ma dink hulle sal genoeg tyd hê om mekaar beter te verstaan. Sy klits die melk vir café latte al vinniger en piets ongeduldig met haar duime op die stoel terwyl sy wag vir die melktert om warm te word. Ek is ongemaklik met die onsekerheid waarin my lewe verval het, trommel Delores se duime.

Tyd is nie bepaalbaar is nie, waarsku Ma. Ons almal beleef tyd verskillend. Relatiwiteit is maar net 'n manier om ons te herinner dat ons op hierdie planeet moet vrede maak met onsekerheid.

Ek het 'n graad daarin, triomfeer Delores en lag oopmond vir haar ma.

Ma lees baie boeke oor eksistensialisme, fatalisme, objektiwisme en nog ander -ismes wat haar kan oortuig dat sy ontwikkeld genoeg is om met haar kinders 'n intellektuele bespreking te voer oor haar fundamentele reg op haar eie lewe. 'n Bordjie melktert en café latte op die stoep, reken Ma, is die regte setting om haar twee kinders in te lig oor haar nuwe besluit.

Sy het besondere moeite met haar voorkoms gedoen, sien Delores. Haar hare is krullerig na agter gekam en sy het sagte onderlaag aan om die ouderdomsvlekke te verbloem. Al die moeite om weg te steek hoe onleefbaar haar lewe geword het.

Ek staan voor die grootste insig in my lewe. Voor die verantwoordelikheid van my eie nietige lewe. Om 'n keuse te maak tussen 'n patetiese sukkelgang of 'n beredeneerde beëindiging daarvan. Nou moet ek 'n keuse maak teen die hel van selfabsorpsie. Teen die hel van my ganse lewe wat skeefloop. Daar is maar een werklik ernstige filosofiese probleem, sê Ma. En dit is die problematiek rondom selfmoord. Om te oordeel of die lewe die moeite werd is om te deurleef, of nie.

Ma filosofeer oor die onbenulligheid van die mens se

bestaan en prys diegene wat in so 'n benepe samelewing soos ons s'n steeds daarin slaag om menswaardigheid bó moraliteit te kies. Ma sê daar is bitter min verskil tussen die doodsdrang en die lewensdrang, want beide omvat bloot 'n bestemming en 'n behoefte om by die bestemming uit te kom.

Dis doodstil in die bome. Die voëls het ophou lawaai, want ook hulle respekteer die gewigtigheid van Ma se besluit. Delores sien 'n bloublink spreeu bo in die boom sit. Hy draai sy kop skeef en kyk vir die groepie op die stoep.

As ek na die kortstondigheid van my lewe kyk en gekonfronteer word met die onbenulligheid van my bestaan, besef ek dat daar geen rede is waarom ek hier is en nie daar nie, of daar is en nie hier nie, sluit Ma haar betoog af met Pascal se woorde.

Haar broer luister geduldig na Ma se geleerdheid en vertel uit sy stoel dat onlangse studies spesifiek die voorkoms van geestesgesondheid by gelowiges en ateïste vergelyk het. Daar is bevind dat ateïste beduidend meer aan depressie ly en selfmoordpogings het.

Delores voel asof sy deel is van 'n surrealistiese kunsmovie. As sy oor die fyn tafeldoek en koppies kyk, sien sy aan weerskante haar goedversorgde ma en broer wat oënskynlik in beheer van die ganse menslike heelal is. Hul intellek en voorkoms onderskei hulle van gewone sterflinge. En tog verteenwoordig hulle twee kontrasterende pole omdat hulle uit verskillende fonteine drink. Haar kop sing van die slimmighede wat hulle na mekaar slinger.

Ek erken die afsku van verganklikheid, bieg Delores tussen hulle in. Met hierdie lyf van my, sal dit ook so wees. Nie een van ons sal dit ontkom nie. Die dood wag vir ons. Maar wie de hel as net jyself kan besluit oor die eutanasie van jou eie lewe. Genadedood is so 'n issue, maar minstens kan die howe fokkol sê as jy jouself pot.

Delores steur haar nie aan die geskokte stilte nie.

Nee, genuine, sê Delores. Sê nou maar mens kon by Chapman's Peak 'n groot sign sit. Daarop skryf jy: Oop vir selfmoord, Sondae tussen 15h00 en 20h00. Wanneer die son nice lê op die see. En jy beskryf die drop en haal miskien suksesvolle statistieke aan.

Maar daardie aand slaap Delores nie. Elke uur bel sy vir Ma. As Ma die telefoon optel, sit sy die gehoorstuk neer. Drie-uur die oggend sit die voorvader op haar bed. Sy slaapmus het paisley-patrone.

Ek kan dit nie meer verduur nie, Delores, sug hy. Ry na jou ma toe en kyk of sy okay is. Jy hou die hele wêreld uit die slaap, raas hy.

Toe Delores die deur oopsluit, sit Ma voor die rekenaar. Sy kyk gesteurd op. Langsaam staan sy op en sit die ketel aan. Sy skink rooibostee met warm melk.

As ek môre by die polisiekantoor is, het ek my keuse gemaak. Vir of teen die neem van my eie lewe. Niks om histeries oor te raak nie, sê Ma. En toe Delores haar stip oor die teekoppie takseer, besef sy dat Ma ook haar pond vleis vra. Aandag wil hê. Ook sy het haar audience nodig.

Night, Ma, sing Delores op pad huis toe. Die wind het gaan lê en die see maak fosforkamme vir die maan. Al die pad van Blouberg na Melkbos.

23

Die man in die wit BMW kan sy oë nie glo toe die vrou voor hom in die swart MG soos 'n besetene uit die motor spring en skoene en al in die lagoon invlieg by die kruising tussen Milnerton en Blouberg nie.

Die lig was lank rooi en Delores en die voorvader het gesien hoe drie mannetjieseende 'n onwillige wyfie probeer dek. Meedoënloos klouter hulle die een na die ander op haar rug. Die wyfie-eend kry nie kans om bo die water te verskyn nie. Wanneer die een mannetjie padgee, is die volgende daar. Gang rape.

Delores kon dit nie hou nie. In een beweging spring sy oor die padversperring en gooi haar skoene na die eende. Sy skreeu op hulle sodat hulle in alle rigtings laat spaander. Die wyfie verskyn vervaard bo die water en skud haar vere reg. Delores lag verlig en uitbundig. Sy gooi haar duim in 'n A1-teken vir die verbaasde man in die wit BMW.

Die dag begin vir haar met die son op die regte plek. Diere het ook hul beperkings, sê Delores vir die voorvader. Sy is haastig om in Kaapstad te kom, maar kan nou maar rustig raak. Só sonder skoene kan sy haar tog nie by die polisie aanmeld nie.

Ma het vanoggend gebel om te vra of Delores sal saamkom na die polisiekantoor. Ma moet die verkragters uitken. Delores het belowe om haar daar te kry. Ma het weke lank in dik regsboeke nagelees oor uitkenningsparades. Oor regsreëls en die strafproses. Sy haal links en regs aan uit die dik boeke en die kinders is beïndruk met hul ouma se nuutgevonde regskennis.

Wat maak Ma met alles wat jy so oplees? vra Delores.

Ma kyk haar verbaas aan en sê 'n mens leef net beter met kennis, dis wat. Ma lig haar ken effens. Kennis, sê sy, dwing jou uit die gemaksone van onkunde. As jy mooi daaroor dink, Delores, is kennis vier en twintig uur per dag vir almal beskikbaar, wys Ma met albei haar hande. In die jare wat kom, sê Ma, sal jou kleinkinders nie meer beoordeel word volgens hulle besittings nie. Daar sal 'n nuwe orde wees. Hulle wat weet, en hulle wat nie weet nie.

Die voorvader loop op sy hande en kyk onderdeur sy arm na Delores. Kennis beroof mens ook van onskuld, troos hy.

Delores vererg haar en verduidelik vir Ma sy het die vraag as 'n kompliment bedoel. Nou kry sy 'n lesing. Ma kap nie terug nie. Sy glimlag.

Ma was op haar senuwees, maar het die beskuldigdes deur die eenrigtingglas reguit in die oë gekyk. Sy kon net drie herken. Was nie seker van die vierde een nie. Die ondersoekbeampte was trots op haar. Ook die res van die polisie en die speurders. Almal klop haar op die skouer. Delores wag kaalvoet in haar motor. Ma lyk soos 'n celebrity op die polisiekantoor se trappe. Dit lyk asof sy dit gate uit geniet.

Delores se broer is erg besorg oor Ma. Hy vra versigtig hoe sy voel. Delores klim uit haar motor. Ma vra nie eens na die kaal voete en besmeerde langbroek nie. Dit maak nie meer saak nie, sê Ma. Ná 'n ruk is alles ewe belangrik. Van buite af lyk alles soveel erger. Ek voel niks meer vir hulle nie. Behalwe miskien 'n vlietende jammerte en afkeur. As dit tegelyk kan bestaan. Soos 'n verbyganger teenoor bedelaars.

Delores sê dat 'n mens die wêreld en sy beperkinge leer ken deur diere dop te hou. Toe almal haar vraend aankyk, voeg sy vinnig by: En deur in die oë te kyk van die mense vir wie 'n mens liefhet. Maar sy kry dit reg om nie te vertel van die eende nie.

Ma hou meer van Delores noudat sy nie meer met Delores se pa hoef te kompeteer nie. Sy ry saam met Delores na haar pa se woonstel. Delores gaan die woonstel as 'n ateljee inrig. Sy en haar dogter gaan daar verf en met klei speel. Ma sê sy wil sien hoe Delores die woonstel toeplak met veertig meter blou materiaal.

Blou was my pa se kleur, sê Delores. Ma verstaan nie mooi waarom Delores nie sommer die woonstel se mure verf nie, maar sy probeer sin maak uit die onbegryplike. Delores sê haar voorvader het gesê dit moet materiaal wees en Ma slaag die toets. Sy sê niks oor die voorvader nie. Sy knik net haar kop instemmend en sê dat die voorvader miskien 'n punt beet het. Verf stink so dat mens nie meer Delores se pa in die woonstel sou ruik nie.

Ma het die dood gefnuik, dink Delores. Wat is fnuik, wonder sy. Dat Ma by die agterdeur uitgeglip het toe Dood voor klop?

Die voorvader lees van Schestow. Hy sê: *Wanneer die dood kom en vind dat jy nie gereed is nie, raak hy jou nie aan nie, maar gee jou nog 'n paar oë sodat jy dubbelvisie het. Dan sien jy alles nuut. Selfs die gewoonste dinge. Die ou oë kyk vas in die wêreld met 'n wêreldse wysheid, maar die nuwe oë sien agter die wêreld. Doppeltes Gesicht.*

Het jy gesien hoe die kleur van my pa se oë verander het? vra Delores vir Ma. Soos die melkerige blou van hierdie materiaal. Ma antwoord nie, sy speel met die lap tussen haar vingers. Ma sien nou werklik met vier oë. Dubbele visie, dink Delores. Jy het nou my pa se oë ook, sê sy vir Ma. Jy lyk nou anders met jou vier oë. Ma lag net. Sy streel oor Delores se wang.

En Delores se hele wêreld tol in vreugde.

24

As my lyf swaarkry, werk my brein oortyd. Dan puzzle ek dinge maklik uit. Ek moet my liggaam moor sodat my kop kan helder word, sê Delores.

I must loose myself in action, lest I wither in despair, koggel die voorvader terwyl hy sy kakiesokkies hoog optrek en 'n oordrewe sonhelm op sy ore balanseer.

Delores neem hom teen Tafelberg uit voor die son opkom. Sy draf twaalf kilometer op die strand en lê besproeiing aan vir die buurvrou. Sy verf haar huis se dak geel en saag planke vir nog rakke in haar huis. Sy meng sement en dra bakstene aan en bou 'n braaiplek langs haar huis.

Ek weet nie meer nie. Ek weet nie meer wat ek weet en nie weet nie, sug sy. Haar voorvader kam haar hare. Hy smeer Deep Heat aan haar seer spiere en maak vir haar heuningpotjies met vitamien C.

Delores verbaas haarself toe sy by die gym instap en die meisietjies met die bruin boudjies haar nie meer intimideer nie. Sy trap haar fietsie dat die sweet spat en skud haar kop oor die nimfies wat al hulle energie mors op lyfies wat reeds volmaak is. Delores het 'n personal trainer gekry wat al haar vette geknyp en gemeet het. Hy was somber terwyl hy aantekeninge maak van haar oordaad.

Kan jy glo, lag Delores teenoor Ma, dat daar actually mense is wat 'n bestaan kan maak uit ander se vet? Oor 'n paar maande word my lyf weer dertig, belowe sy plegtig en skud haar broer se hand in weddenskap. Ma kap af en lag.

Ma sê oor tien jaar het die menslike immuniteitsgebrekvirus in haar bloed waarskynlik omgesit in verworwe immuniteitsgebreksindroom. Delores het dit nou al so baie gehoor dat sy daarvan kramp. Ma vertel saaklik dat die immuniteitstelsel na tien jaar ineenstort omdat die limfstelsel uitbrand en die liggaam nie meer byhou met vervaardiging van wit bloedliggaampies om siektes teë te werk nie. Ma sê darem as 'n afterthought dat sy buitendien nooit beplan het om ouer te word as tagtig nie. Sy weier om die duur medisyne te neem, selfs al is daar bewyse dat van die medikasie aanleiding gee tot 'n afname van sewe en veertig persent in vigssterftes. Ma sê die newe-effekte van die pille is te erg en sy wil eerder kwaliteit in haar lewe behou.

Delores lees in die koerant van Cooper wat beweer *dat die MI-virus in 'n laboratorium in Fort Deitrich, Maryland, gekweek is as deel van Amerika se projek rondom chemiese oorlogvoering. Dit is spesifiek saamgestel,* lees Delores, *om mense aan te val wat laks is met persoonlike higiëne en wat losbandig lewe.* Delores en die voorvader brul van die lag.

Kan jy dink, vee Delores die trane uit haar oë, hoe terrible die illuminati hul teiken met Ma gemis het. Delores wys die berig vir haar broer en haar vriendin.

Hulle dink nie dis snaaks nie. Haar vriendin berispe haar en haar broer skud sy kop. Delores voel seergemaak. Hulle gang deesdae op, besef sy. Hulle is kop in een wrede mus. Alles waarvan sy nie hou in haar vriendin nie, word deur haar broer en sy waardes beskerm.

Delores se broer en haar vriendin besluit om Ma saam te neem Londen toe. Die verandering van omgewing en die Engelse platteland sal Ma goed doen, glo hulle. Hulle gaan Wallis, Skotland en die Merestreek deurkruis. Ma moet saam reis na al die geheime oerklippe soos Stonehenge.

Ma sê as sy nie per ongeluk in die sielkunde beland het nie, was sy tien teen een 'n geoloog.

Nee, roep Delores uit. Ma gaan saam met my. Met my Ma, smeek sy. Hulle tweetjies gaan die hele tyd in jou geselskap in mekaar se ore fluister. Hulle is onuitstaanbaar. Ma, kom eerder saam met my.

Die groep draai verbaas na Delores.

Ons gaan Thailand toe, Ma. Ek en jy. Ons gaan stap en treinry tot by die River Kwai. En ons gaan rys oes en olifante ry.

Almal se oë is op Ma. Die voorvader druk sy ore toe. Hy trek sy baadjie oor sy kop en hardloop weg. Ma is onseker. Sy vryf oor haar nek. Ma neem gewoonlik maklik besluite. Dis asof Ma 'n handboek in haar kop het waarin alle besluite voor geboorte reeds opgeteken is. Ma ken al die antwoorde. Sy dink gewoonlik nie twee sekondes lank nie. Ma staan lank en verbaas stil. Sy kyk en kyk na Delores.

Delores is reg, sê sy uiteindelik vir die verliefdes. Thailand sal 'n wonderlike avontuur wees. En julle twee het so baie om uit te sorteer. Kom ons praat later weer. En Ma glimlag vir Delores.

Dink jy ons sal dit oorleef?

Die voorvader strip heeltemal van vreugde. Hy gooi sy baadjie af en knoop sy das los. Hy dans 'n Thailandse khón. Hy tel sy voete hoog op en hou sy masker voor sy oë. Hy is Rama en hy dans met sy swaard en sy voete en sy vingers.

Om hulle reis te beplan, nooi Delores vir Ma na haar pa se huis op Pringlebaai.

Ons gaan lig reis, sê Delores vir die voorvader.

Sy pak net twee T-shirts en 'n swart jean. Sy en Ma alleen. Die kinders gaan nie saam nie. Haar broer ook nie. Delores is op haar senuwees. Sy weet nie altyd wat om vir Ma te sê nie. Ma gaan ook nie hou van die MG se dak wat so wind lek nie. Ma stel voor dat hulle met haar kar ry, maar Delores steek vas.

Jou kar lyk soos die staatsdiens, sê sy vir Ma.

Ma antwoord nie, want sy is nie heeltemal seker hoe die staatsdiens se karre lyk nie. Maar sy is opgewonde toe Delores haar oplaai. Sy het 'n fles koffie en toebroodjies.

Padkos, lag sy. Vir die onwis.

Die pad kelk oop. Hule ry stil deur geliefde klippe. Hulle is stom van die mooi Kaap. Die somer is 'n windstil skemer voor die huis. Delores maak vuur voor haar wit huisie. Sy het haar CD-speler se speakers deur die venster getel.

Die bure sal nie worry nie, verseker sy vir Ma. Hulle hoor net die see.

Sy speel vir Ma haar mooiste musiek uit Kuba en Italië. Alles wat Ma wil hoor. Delores skink wyn in haar kristalglase en hulle kyk hoe die son platter word soos hy in die see sink. Hulle praat kort sinnetjies en maak sagte geluide. Hulle kyk vir die son en ruik die vuur en die see. Ma sug af en toe.

Delores leer vir Ma van vuurkyk. Hulle staar in die vlamme en luister of hulle God kan hoor. Ma lag, maar sy doen alles wat Delores sê. Delores vertel van die Tibettaanse monnike wat met half- en volmaan by bottervlammetjies mediteer. Van Sjamane wat deur vlammelig in 'n trans gaan en profeteer. Ma vul die stories aan met voorbeelde van vuursimbole in die letterkunde en Bybel. Hulle besluit om elke aand op hulle reis ten minste 'n groot vuur te pak.

Ma lees boeke oor energievelde en vertel vir Delores van pelgrims wat in Spanje die Camino de Santiago de Compostela kaalvoet stap. Dis 'n reis wat oor 'n duisend kilometer strek, vertel Ma. Oor berge en dorpe en valleie. Ma sê die reis duur maande en pelgrims sak gereeld inmekaar van uitputting, maar hulle kom weer. Ma glo dis die mens se noue verbondenheid met die aarde wat iets in sulke pelgrims wakker maak. Dis 'n herontdekking van oerbetekenisse, verduidelik Ma.

Die landstreek in die noorde van Thailand leen hom uitstekend tot so 'n staptog, neem Ma die toer oor. Ons kan dele stap en die res op olifante se rûe aflê. Ma lag vrolik. Terug in Blouberg koop Ma boeke en videos oor Thailand. Sy leer om Thaiwoorde met haar tong te rol. Haar wange is rooi. Sy gee vir Delores lesings oor Thailand se komplekse konings en hulle kultuur. Delores koop sarongs wat rompe, lakens en handdoeke sal word. Vir skoeisels vat sy haar uitgetrapte rotstekkies met gate vir haar kleintoontjies. Ma koop identiese kreukeltrae ontwerpersbroeke wat asemhaal. En stewige stapstewels.

Ons gaan Mae Salong toe, sê Delores. Ons gaan rys pluk.

Ons gaan Bangkok toe. Ons gaan tempels kyk, sê Ma.

Hulle sit by die duty free shop op Johannesburg Internasionaal. Hulle wag op die tienuurvlug na Bangkok. Ma het die reis bespreek vanaf Bangkok na Lopburi, daarvandaan na Mae Sot en 'n staproete van Um Phang tot by Mae Sariang. Dan verder met 'n boot tot by Chang Rai. Die olifante was 'n mite, maar hulle sal wel kan rys pluk, het Ma uitgevind.

Dis Oukersaand. Ons reis vanaand uit Kersfees na Nuwejaar, lag Ma. Uit verwarring na geloof, lag Delores.

25

Die lug is soet en neuterig. Oral in Thailand hang die vreemde reuk van vuur of as. Dis agtuur, maar reeds drukkend warm. Die rysvelde lê in blokkiespatrone oor die hele vallei. Groen vir die ongeoeste en bruin vir die geoeste lande. Delores en Ma het stywe boots en swaar plastiekbroeke aan. Spierwitte handskoene. Twee paar elk. Met sekels loop hulle in 'n ry en swiep deur die geelbruin strooi. Die modder ruik suur soos hooi en swael. Daar is net ou vrouens en enkele oompies in die ryskampies. Die jeug weet nie meer hoe om die rysvelde te oes nie, hoor hulle. Dit word al meer met masjiene gedoen. Nog net hier op die afgeleë platteland doen die oumense dinge met die hand. Delores is in haar element. Al verstaan sy nie die taal nie, weet sy dat die Thai's hulle vergaap aan die farange wat so graag (en verniet) op die ryslande wil werk.

Die rysoes is 'n groteske straatteater. Delores speel vir die Thai's die rol van Westerling wat nie kan byhou nie. Sy vee haar sweet oordrewe af. Sy kreun en steun tot groot vermaak van die ou vrouens. Sy ploeter lomp oor die modder en gly in die vore.

Hulle hang die nat geoeste rys in strooibondels oor die houtstellasies. Die modder is seepglad. Dit is 'n kuns om die ryshalms sekuur teen die grond af te sny sodat daar net 'n paar sentimeter uitsteek. Ma sny nie, sy loop agter saam met die twee ou mans en bind die afgesekelde rys in strooibondels. Die bondels moet netjies wees, want skewe strooihalms sal deur die wind weggewaai word.

Ek is nou gatvol, kla Delores ná drie dae.

Ma lag. Sy is dertig jaar ouer as Delores en sy het geen pyn nie. Haar spiere is soepel. Delores se bene en arms brand. Haar rug kan nie meer regop kom nie. Sy kla en kla.

Hier is vir jou 'n yskoue skyf waatlemoen, troos Ma. Sy hou haar leë hand uit na Delores. En as ons nou by die hotel kom, gaan lê ons lekker in die Jacuzzi en kry daai spesiale Thaise masseuses om ons spiere te troetel.

Delores kan haar ore nie glo nie, want daar is geen waatlemoen of hotel of masseuses of Jacuzzi nie. Sy weet dit en Ma weet dit. Sy het Ma gevang in haar verbeeldingswip.

Dankie, sê Delores gul en smul heerlik aan die waatlemoen. Ná die vertroeteling gaan ek en jy en ons wettige eggenotes in die hotel se foyer dans, speel sy oorgretig saam.

Delores ry op 'n wit perd. Sy kan nie verder stilstaan nie. Die skaam Thaise omie probeer nog keer, maar Delores gryp hom stewig om sy maer lyf. Sy swaai haar onwillige dansmaat hardhandig in die rondte. Hy doen sy uiterste bes om by te hou met sy Oosterse voete. Die ou vrouens by die rystafels lag met skefiesoë. Hulle beduie met krom vingers na die twee dansers.

Nee, nee, nee, stop Ma die stofdans. Ons gaan saam met ons eie wettige eggenotes 'n romantiese aand by kerslig deurbring. Vir mekaar kerk hou met rooi wyn, gedigte en wonderlike musiek. Ma hou haar hand in die lug asof sy 'n wynglas vashou. Sy wieg haar kop op die maat van die sagte musiek in haar ore.

Die Thaise omie skarrel verlig tussen die tafels deur. Delores en Ma stap padlangs terug na hulle bouvallige blyplek. Dis ver om te stap, maar die son sit nog hoog. Hulle haas nie.

Haai, het jy en my pa dit gedoen, onderbreek Delores die pas. Die rooiwyn-en-kersligding?

Ma lag. Ja, toe alles nog nuut was, het ons. Later het dit nie meer saak gemaak nie, want ons het dit nie meer by mekaar gemis nie. Daar was genoeg om te onthou.

Maar my pa het nie so gevoel nie. Ek dink hy het jou gemis tot hy dood is. Hy het nooit oor jou gekom nie. Ek dink hy het verskriklik oor jou getreur, sê Delores sonder verwyt.

Ma trek haar asem diep in deur haar neus.

Jou pa was soos 'n stout seun wat te veel speelgoed gehad het. Hy het regtig nie mooi geweet waarmee hy wou speel nie. Dit was gewoonlik die een wat weggebêre was wat hy wou hê. Jou pa het net begeer wat hy nie kon kry nie. Die enigste manier waarop ek hom kon behou, was om hom nie verder toe te laat om my te besit nie. Van toe af was hy myne.

Delores kan nie glo wat sy hoor nie.

Later die aand by die gasvrou se buitevuur, sê Delores dat sy ook wil terugkeer na haar geliefde. Ek gaan ook terug Ma, sug sy. Ek weet nie meer van alleen wees nie. Haar Ma sug saam. Sy sit plat op die grond en kyk in die vuurlig.

Dis goed so, Delores, sê sy.

26

Delores pak stadig uit. Hopies vuil klere en hopies nuwe klere. Toe sy die groot kas oopmaak, sit die voorvader opgekrul op haar skoene. Hy het 'n manel aan en sy hare is glad agteroor gebrylcreme. In sy bosak 'n gestyfde sakdoek. Hy klim stadig uit die kas en strek sy bene langsaam.

Waar was jy, mnr. Valentino? raas Delores. Ek het jou so gemis, jou stupido! Waarom was jy so verskriklik weg?

Die voorvader antwoord nie. Hy haal 'n viool tussen die skoene uit. Hy praat nie, stryk net versigtig oor die snare. Dan tower hy ook 'n tafeltjie uit die kas. Tydsaam dek hy dit met damas en silwer. Alles uit die geduldige kas. 'n Stoel met fluweelrooi bekleedsel en 'n vaas met twaalf granaatrosies. 'n Yskoue bottel vonkelwyn en 'n fluitdun glas.

Hy laat Delores sit. Hy lê sy ken op die viool en sluit sy oë. Voel-voel oor die nek van die viool. Sy strykstok klaag 'n lied deur die stilte. Dan glimlag hy, en verander vinnig na die ritme van 'n masurka. Hy dans vreugdevol en verspot deur die kamer met bonkige knieë en plat voete. Delores het hom beet aan die stert van sy manel. Sywaarts pomp hulle soos krappe en jaag hul eie asems.

Jou lawwe padda, snak Delores. Sy val op die bed neer en die voorvader slaan alleen oor na 'n tango. Uiteindelik buig hy vir haar met 'n roos in sy mond.

Delores gaan sit by die tafel en trek haar bruin lêer nader. Die lêer ruik nog net soos toe dit Ma s'n was. Ma het die mooiste skryfpapier hierin versamel. Handgemaak van renostermis en papirus. Papier wat oud is en nuwes wat Ma gekoop het. Ma sê sy skryf nie meer nie; dit neem te veel tyd. Delores ruik aan al die velle in die lêer. Sy kies 'n liggele wat haar herinner aan gras en see. Sy speel met haar pen en toets versigtig die inkvloei op 'n stukkie kladpapier voordat sy die bladsy nadertrek.

Teen ligdag lê daar veertien balletjies gefrommelde papier rondom haar stoel se pote, maar in die bruin lêer wag 'n brief.

My liefste Surfer

Jy is nie my son nie en nie meer my maan nie, maar ek ken jou nog. Tot in my stronk. Goodness gracious. Ek weet hoe jou hare kroon en waar jy kuiltjies maak. Ek weet hoe jou oë lyk wanneer jy kom. Ek ken al jou geluide. Ek sing jou in my solodanse en ek roep jou naam in die donker. My grootste liefde. Source of my biggest fear — juis omdat my liefde so voorwaardelik was. Maar ek het gegroei, my lief. Ek het soos Merlin in Camelot elke jaar jonger geword uit my nuwe insig. Ek drink nou my nuutgevonde vrede. Suip bekers vol. Dit het stil geword om my. In my. Niks raas meer nie. En ek sien reeds jou skaduwee teen my mure, oor my klippe. Scary. Ek het jou reuk uit die onderste kamer van my hart gehaal, gereed vir die onthou.

Ek het 'n bottel Grand Cru Beaujolais wat in my kas lê. En daar is die twaalf kerse wat ek met wit was en parfuum gemaak het. Op my rak staan die nuwe Verseboek gemerk met geel vlerkies Post-it stickers. Wil jy saam met my kom kerk hou, my lief?

Waar sal ons mekaar tog liefkoos? My hart en joune?

Delores

Buite begin die spreeus in die groot boom raas. Spreeus het altyd 'n issue. Delores maak 'n groot beker koffie en gaan sit op die stoep en kyk hoe die son die boomtoppe vat. Die spreeus hou nie op nie. Hulle skel mekaar en die takke buig onder hulle swaar protes.

Nee, man, julle lawaai, raas sy en lees haar brief vir die honderdste maal. Uiteindelik vou sy die growwe papier in die koevert toe en steek 'n sigaret aan.

By die hekkie klim die voorvader van sy fiets af. *Il Postino*, sê hy. Hy het 'n grys posman-uniform aan. Sy pet sit lomp en skeef. Hy stoot sy fiets oor die grasperk tot by Delores en gryp die brief uit haar hand. Jy vat so lank, sê hy ongeduldig. Hy lek die koevert en sit dit in sy possak.

27

Hoe kan mens so uitasem raak ná veertig, sug Delores. Sy steek tydsaam haar parfuumkerse aan. Toe ek niks gehad het om te verloor nie, was my lewe vreedsaam en heerlik uncomplicated, kla sy by die voorvader. Nou is ek soos 'n bang kersie in die wind. Ek voel onseker soos lovers in die eerste soen van 'n nice movie. Daar's nog altyd 'n aaklige ding wat op hulle wag. Die regisseur bederf sulke salige oomblikke altyd met Jaws-musiek.

Die voorvader haal sy skouers op.

Wat is die soen regtig werd as daar nie onheilspellende musiek is nie? vra hy. Wat help dit om iets te hê as jy nie weet hoe dit voel om daarsonder te wees nie? Hy vou sy een arm agter sy rug in en hou die ander hand se vinger in die lug soos 'n Trustbankmannetjie uit die jare sestig. Die kosmos kan nie toelaat dat enigiets duur nie. Daar moet momentum wees. Uit die behoefte om chaos te balanseer, ontspring die lewe. As alles in ewewig tot rus sou kom, is dit die einde. Dit weet jy tog al, glimlag hy beterweterig.

Jy maak my radeloos, antwoord Delores. Waarom mors ek my tyd met jou as ek boonop al die antwoorde op jou vrae ken. Jy challenge my nie meer nie. Ek moet dit vir jou sê, nè? Jy's op dun ys.

Die voorvader tel die dik Verseboek op. Hy haal verlange uit elke bladsy voor hy omblaai.

Delores dwaal doelloos rond terwyl hy lees. Die vooraand sleep verby in die sitkamer met sy sagte kerslig. Sy kyk aanhoudend op die horlosie, pose op elke stoel en dink watter posisie haar die meeste vlei. Naby die kerse vir die paar blinkertjies op haar wange. Sonder skoene vir 'n ontspanne voorkoms, maar die skoene pas so mooi by haar hemp dat sy nie heeltemal daarsonder wil nie. Miskien moet sy hulle net in die loop van die aand uitskop. Moet die deur uitnodigend oopstaan, of moet sy hom laat klop? 'n Oop deur is verwelkomend, maar met 'n toe deur kry sy kans om teen die kosyn te leun wanneer sy dit oopmaak. Uiteindelik kry sy haar sit. Regoor die oop deur. Perfek. Maar spring impulsief op en maak die deur toe. Sy sluit dit sorgvuldig. Die voorvader skud sy kop.

Op die afgesproke uur hoor Delores die klop. Daar is geen klokkie nie. Sy spring op en huiwer voor die deur sonder om dit oop te maak. Hy klop weer, dié keer harder.

Delores loer deur die stoepvenster.

Sorry hoor, roep sy. Die sleutel is weg, jy sal hierdeur moet klim. Sy maak die venster wyd oop en staan eenkant toe.

Hy het 'n denim aan en om sy nek is 'n blou serp. Hy lag en klouter behendig deur. Sy hare is krullerig om sy ore en sy sien vir 'n oomblik in die weerkaatsing van die stoeplig dat hy steeds bruingebrand is.

Ou surfers verloor nooit hulle tan nie, sê Delores vir haar geliefde.

En lyk my bosnimfe verloor nooit hulle chutzpah nie, antwoord hy.

Sy slaan hom speels teen die arm. Wat bedoel jy met chutzpah? vra sy. Ek weet nie eens hoe om die woord te spel nie. Hulle staan glimlaggend en wag vir mekaar om eerste te praat. Totdat hy sy serp afhaal en vra of hy maar kan sit.

Og ja, nooi Delores hom. Step into my palour, said the spider to the fly.

Hulle lag versigtig. Delores se geliefde trek sy baadjie uit en vou dit netjies op. Hy is bly dat sy intussen ook van jazz leer hou het. Hy vra of hy deur haar CD's mag blaai. Delores terg hom oor hy steeds so ordentlik is.

Jou ma swel seker oor haar botterbulletjie se mooi maniere, nè? Haar skoonma se goedversorgde gelaat flits voor haar. Ja, antwoord haar geliefde, my mooi maniere was mos nog altyd my persoonlike bate. En sy glimlag spog met volmaakte tande.

Hy vroetel met die CD's en praat oor die musiek. Delores vroetel met die kurktrekker en babbel oor 'n wynkursus wat sy neem. Hy stap nader en help haar om die bottel oop te maak.

Dan moet ek nou maar erken hoe bly ek is om hier te wees, Delores. Hy glimlag stroef. Delores is stralend. Sy staan naby, maar tog nie teen hom nie. Vinnig soek sy in haar geliefde se oë. Of sy haarself nog daarin kan sien. Dan gaan sit sy op die groot bank.

Kom vertel my wat jy alles gedoen het, nooi sy, en slaan liggies op die sitplek langs haar.

Hy sug en glimlag. Wat jy eintlik wil hoor, is dat ek al die deurmekaar dinge nou sinvol vir jou moet rangskik. Dis seker ook jou reg, of hoe?

Sy maak hom stil met 'n hand in die lug. Sy skud haar kop, maar hy gaan voort.

Ek kan onmoontlik alles vertel, maar kom ons begin by my weggaan.

Delores wil nie hoor nie. Dis nie soos sy beplan het nie.

Daai pad gaan ons nie weer stap nie. Ag please, smeek sy. Ek is al duisend keer daar verby. Wat maak dit tog saak? Al wat tel, is dat ons nou hier sit en kuier. Dêmmit, man, moenie alles weer uitryg nie.

Hy staan op en loop tot by die venster. Hande in die sakke. Ek kan nie anders nie, Delores. Dit is die punt waar ek moet begin. Ek moet sê hoe jammer ek is. Hoe ontsettend jammer ek destyds was. Dis al wat ek wil sê. Hy sluk hard. Dan lag hy skamerig. Ek het vir jou iets gebring. Iets waaraan ek lank gewerk het. Kan ek dit gou in die kar gaan haal?

Hy flits rats deur die oop venster en Delores haal diep asem. Terwyl hy uit is, vat sy twee groot slukke wyn. Sy draf tot by die spieël in die badkamer en trek haar vingers deur haar hare. Dan hoor sy hom op die stoep en haas haar terug.

Hy lê die manuskrip in haar hande. Dis 'n toneelteks. Op die voorblad staan: *Voorvaders kan vlieg, sê Delores.*

28

Delores se vriendin bel uit Londen en huil verskriklik oor die foon. Delores se broer werk elke aand laat en sy sit alleen in die klein maer woonstelletjie en dit het nog nie opgehou met reën nie en sy dink sy het die fout van haar lewe gemaak en sy kom terug.

Delores lag. Ons is almal muise op 'n wiel, dink sy. Hoe verder ons hol, hoe meer bly ons op dieselfde plek.

Haar broer bel ook. Hy sê niks van die vriendin nie, maar wil die finale reëlings tref vir Ma se kuier by hom. Delores probeer uitvis oor haar vriendin, maar hy is geslote soos 'n boek.

Delores weet sy sal wel alles by haar vriendin hoor.

Ma gaan vir 'n paar weke Londen toe. Sy staan met tien tasse op die lughawe. Sy lyk klein tussen die bagasie. Ma glo nie aan lig reis nie. Delores en die kinders sien haar af.

Haar broer het haar tot vervelens toe saamgenooi. Maar dis Kunstefees op Oudtshoorn en Delores kry dit nie oor haar hart om dit mis te loop nie. Sy is die koördineerder wat plek bespreek en vir haar vriende 'n feesprogram uitwerk. En sy het self groot planne. Nie weer agterste speen vir my nie, verseker sy vir Ma en die voorvader.

Delores kan nie glo dat sy so maklik groet nie. Sy huil nie en Ma huil nie. Ma soen Delores op haar voorkop en Delores plant soentjies op Ma se ore, op haar neus en in haar nek. Ma lag soos iemand wat gekielie word.

Jy is laf, Delores, kraai Ma.

Die voorvader is ook daar. Hy het 'n helder geel pak aan met 'n groen hemp en skoene van slangvel.

Jy lyk opgewonde, skel Delores hom. Waar was jy al die tyd? Ek het gedink jy kom nooit weer nie.

Die voorvader glimlag en sê hulle kan nou behoorlik asemhaal, noudat alle negatiewe ione in Londen is. Delores trek geskok haar asem in. Die voorvader lag vir haar kamtige verontwaardiging en sê: *Snap!*

Delores pak 'n piekniek vir haar nuwe vriendin en haar kinders. Hulle eet op die gras onder die boom in haar tuin. Sy dek sorgvuldig: silwer en droëvrugte, biltong en beskuitjies. Hansa vir haar seun en sy girlfriend en vonkelwyn vir haar en haar dogter. Sy het 'n verrassing, kondig Delores aan.

Ek het 'n show vir hierdie fees. 'n Fantastiese eenmanstuk.

Delores is op haar senuwees. Sy draai die servet om en om haar vinger. Die kinders is oorbluf.

Gaan jy regtig weer speel? vra hulle. Sien jy genuine kans?

Wie direct? vra haar seun.

Delores antwoord nie. Sy vertel van die dekor en beligting. Sy brabbel oor kostuums en inskrywingsvorms.

Haar seun is soos 'n bloedhond.

Wie gaan produce? eis hy. Waar kry julle geld vir die show?

My geliefde is my borg, sug sy. Dis sy stuk. Hy het dit vir my geskryf. En hy direct dit.

Haar seun kyk na haar soos 'n jaloerse lover. Sy girlfriend lyk heeltemal gepuzzle, want sy volg moeilik wanneer hulle vinnig praat. Delores se dogter hang in vreugde aan haar ma. Delores haak by haar seun in.

Jy moet daarmee vrede maak dat ek hom wil terughê in ons lewe. Kan jy dit verstaan? Dat ek hom nog liefhet. Ons praat nie nou van lust nie, my sunshine. Dis liefde wat alles verduur.

Die voorvader staan eenkant. Hy trek sy mond op 'n plooi en draai sy handpalms na bó. Hy is 'n Kersvader. Sy rooi jas blink in die son. Sy mus en jas is met volstruisvere omsoom. Hy het glitters op sy naels en lang, goue wimpers. Hy is oorstelp.

Ek was 'n coward, sê Delores. Ek het weggekruip, erken sy. Ek het geglo dis makliker om uninvolved te bly. Maar ek het verloor.

Soms wen mens deur te verloor, filosofeer haar dogter. Jy het dinge ontdek buite jouself. Kleiner, eenvoudiger dinge. Dinge wat eintlik groot is.

En Delores sug oor die groot woorde uit haar kind se mond.

29

Delores rol versigtig die ragfyn kouse teen haar been op. Sy het dae lank gesoek vir egte sykouse wat met 'n pikante garterbelt bo gehou word. Nie te veel frille nie. Geen blommetjies nie, maar darem 'n kantjie. Haar onderklere het 'n fortuin gekos. My lyf het hard gewerk vir hierdie fyn goedjies, redeneer Delores. Ek kan regop staan en my koekhare sien sonder om my nek te buig. My magie is bruin en my bobene het definisie wanneer ek my tone punt. My lyf verdien dié spinnerakkie ondergoed, glimlag sy vir die voorvader.

Die voorvader het 'n sjerriebruin viool in sy hande. Hy het twee kerse aangesteek en stryk liggies oor die ou viool. Met sy diep basstem croon hy vir Delores:

Something old, something new
Something borrowed, something blue
And a lucky sixpence for your shoe

Die kleedkamer van die SANW-ouditorium op Oudtshoorn ruik nog presies soos met die heel eerste fees. Die laaste keer toe Delores op die verhoog was. In die rol van 'n sterwende vrou. Vanaand is sy 'n bruid.

Delores grimeer sorgvuldig. Van die kleedkamer tot op die middel van die verhoog loop sy net met haar ondergoed. Dis juis waarom sy dit gekoop het. Die stagehands en verhoogbestuur kyk op van waarmee hulle besig is. Almal staar na Delores. Sy skud haar los hare effens. Sy vlieg. Sy sweef. Agter die gordyne moet sy gehelp word om in haar bruidsgewaad te kom. Sy wikkel haar versigtig in die ryk geborduurde bostuk. Haar bruidsrok vloei oor die hele verhoog.

Die bruid sit op 'n leer en haar rok maak alles toe.

Sagte, wit materiaal wat laag op laag oor die verhoog golf tot waar dit voor afspoel. Onder haar rok hou die bruid al haar drome verskuil. 'n Goeie man kruip daar weg. 'n Koei wat sy kan melk, en kinders. Die stagehands help Delores agter die gordyne om haar sit te kry. Die rok is warm. Die saal is stampvol. Haar geliefde sit ook in die gehoor. Agter, saam met sy kinders. Haar kinders. Hy het sy kamera. Deur sy lang lense loer hy na die verhoog en fokus sekuur. Sy asem jaag.

Die gordyne gaan oop. Delores kyk teen die teaterligte vas. Sy weet daar is baie bekendes en baie geliefdes. Haar voorvader hang aan die gordyn met sy nuwe digitale videokamera.

Almal wag dat Delores moet praat. Die gehoor is tjoepstil. Delores sit op haar leer en wag. Sy haal diep asem en geniet die afwagting wat sy inasem. En haar geliefde se vreugde wat sy in haar maag voel draai. Dan kyk sy ver na agter oor die ronde donker koppe en word 'n bruid.

Ek weet nooit of ek droom en of dit waar is nie, sê die bruid vir haar gehoor. Maar wat jy hier sien, is 'n proses in voltooiing. Ek kan energie vrystel. Ek kan verbeel, droom en wêrelde skep. Hoe meer energie ek gee, hoe meer reëel word dit. Tot die energie transponeer na 'n fisieke werklikheid. Ek is die bepaler van my drome, sug die bruid.

In die saal kan jy 'n speld hoor val.